中国现代诗歌语言研究
——以现代性为视角

钱 静 著

东南大学出版社
SOUTHEAST UNIVERSITY PRESS
·南京·

内 容 简 介

本书运用历史与逻辑相统一的方法,从语言的角度切入现代诗歌理论与创作的研究,通过对现代诗人创作个性的分析,考察现代诗歌的诗性思维以及与之相称的语言表达;从语言的层面追问现代诗歌何以成为可能,即用现代白话创作的诗歌之所以成为现代诗的内在依据等问题;梳理现代诗歌与现代性、现代人与现代诗人的关系;探讨现代诗歌如何体现现代性,现代诗歌语言如何表达现代性等问题,从而揭示中国现代诗歌遭遇的困境以及未来可能发展的方向。

图书在版编目(CIP)数据

中国现代诗歌语言研究:以现代性为视角 / 钱静著.
--南京:东南大学出版社,2021.10
ISBN 978-7-5641-9948-7

Ⅰ.①中… Ⅱ.①钱… Ⅲ.①新诗-诗歌语言-诗歌研究-中国 Ⅳ.①I 207.25

中国版本图书馆 CIP 数据核字(2021)第 259539 号

责任编辑:陈 跃　封面设计:顾晓阳　责任印制:周荣虎

中国现代诗歌语言研究——以现代性为视角
Zhongguo Xiandai Shige Yuyan Yanjiu——Yi Xiandaixing Wei Shijiao

著　者	钱　静
出版发行	东南大学出版社
社　址	南京四牌楼 2 号　邮编:210096　电话:025-83793330
网　址	http://www.seupress.com
电子邮件	press@seupress.com
经　销	全国各地新华书店
印　刷	南京玉河印刷厂
开　本	700mm×1000mm　1/16
印　张	16.75
字　数	216 千字
版　次	2021 年 10 月第 1 版
印　次	2021 年 10 月第 1 次印刷
书　号	ISBN 978-7-5641-9948-7
定　价	90.00 元

本社图书若有印装质量问题,请直接与营销部调换。电话(传真):025-83791830

目 录

序 ··· 1
自 序 ·· 3
导 论 ·· 9

第一章 现代诗歌语言在尝试中成型 ································ 22
  第一节 "白话诗"的"非诗化" ···································· 25
  第二节 语言与精神齐头并进 ······································ 36
  第三节 "绝端的自由,绝端的自主" ································ 40
  第四节 小诗语言的审美风貌 ······································ 44
  第五节 "穿过象征的森林" ·· 56
  第六节 对于"纯诗"的艺术追求 ···································· 66

第二章 现代诗歌语言皈依"格律" ································ 70
  第一节 "新格律诗"理论的贡献 ···································· 72
  第二节 "新格律诗"理论的局限 ···································· 79

第三节 "新格律诗"理论的空间 …………………………… 82

第三章 现代诗歌语言对多重资源的整合 …………………… 85
第一节 东方意蕴与西方情调 …………………………… 87
第二节 传统与现代的融合 ……………………………… 92
第三节 飘忽的心灵的语言 ……………………………… 100
第四节 哲理、玄思与意境 ……………………………… 103

第四章 现代诗歌语言的传承与发展 ………………………… 118
第一节 在古典的形式中"质询"现代的"存在" ………… 119
第二节 女性诗人语言的理性色彩与古典意蕴 ………… 124
第三节 "静静地,我们拥抱在用言语所能照明的世界" …… 135
第四节 "语言不绝灭,诗不绝灭""人存在,故人思想" …… 147

第五章 现代诗歌语言的突出表征 …………………………… 149
第一节 现代诗歌语言的音乐性 ………………………… 151
第二节 现代诗歌语言的象征性 ………………………… 163
第三节 现代诗歌语言的隐秘性 ………………………… 167

第六章 中国现代诗歌语言"现代性"再思考 ………………… 170
第一节 中国现代诗歌语言的"现代"转型 ……………… 175
第二节 白话新诗的"非诗"倾向与"纯诗"追求 ………… 179
第三节 中国现代诗歌语言对西方"话语"的吸收 ……… 187

第四节 中国现代诗歌语言质地:古代汉语与现代汉语的张力 ………… 190

余 论 海子:当代诗歌语言的现代性赓续 …………… 195
第一节 "诗之道就是对现实闭上眼。诗人不行动,而是做梦" ………… 196
第二节 "人,充满劳绩,但还诗意地安居于大地之上" …… 203
第三节 "人被称作为短暂者是因为人能够死" ………… 210

结 语 诗歌的现代性:一项未竟的事业 …………… 219

参考文献 …………… 222
人名索引 …………… 249
术语索引 …………… 254
后 记 …………… 257

序
诗歌的第三种人：讲诗的钱静

诗作者，诗评家，诗歌的第三种人该当是何模样与职能？看看钱静教授，看她讲诗，便可了然。

当代文坛上和现代诗有密切交道的，不是诗人就是诗评家，他们似乎是一枚硬币的两面。仔细打量诗人和诗评家，他们真是背靠背的关系，说彼此互为依存也不嫌夸张。诗人写诗，并不为给诗评家供给原料；诗评家写评论，或许为诗人寓目，或许诗人疑惑说那是我吗？这之间的一致和张力，恰是诗坛的活力空间，但是人们对这个空间利用不足，所以需要第三种人，讲诗的人。

诗歌不能只是文艺圈中人的对话，它总得面向读者，当然会有某位孤傲的诗人说不在乎读者。眼下的情形很不幸，诗歌日益小众化了，诗坛孤子地耸立，真诗人是孤独者。那是现代主义诗人，而今秉持前现代孤芳自赏精神的诗人并不多，孤傲姿态的诗人倒也不少。社会上诗人身份的辨识度大于他们的诗作，也缺乏有心解诗的人，有意讨论诗歌潮流的人在诗评家中占了不小比重。连年这样，过去有影响的诗作也乏人问津了。现代诗的历史比起古典诗词历史是那么短，进入现代历史阶段，每一代诗人都力求超越，频繁更新与创造，他们屡屡把培养起来的读者抛在身后。从大势看，文学边缘化的当代文化语境，诗歌读者减员实在自然不过。

什么人都可以从诗歌身边转身离去，读中文的学生却不能走！把读诗歌的学生留住，更准确的说法是把学生留住读诗歌，这要靠讲诗的人。讲诗歌的人得具备诸种条件：她/他要有一颗诗性的心，要能够踏上诗歌语言文字的桥梁，踩准诗的节奏，或是音乐的，或是情绪的，或是哲思的，由此走向诗作的深层，走入诗人作诗的彼时彼地，走向诗歌延伸不绝的生命中；她/他要会作高级的文字游戏，不擅此道就无法拆解语言，不理解诗人的立意与独造，解诗人无论怎样都得会写两笔，散文与韵语皆可，写过的人才知道甘苦；她/他要善于和年轻人谈心，把解诗人的工作化为娓娓而谈，让诗人之性情与思维在文本、学生、讲诗人中流转畅达；她/他要有比诗评家更远的远见，因为要让阅读诗歌的活动如滔滔江河不废，讲诗比评诗的重要性丝毫不减，这远见包括对过去诗歌史的掌握，也有对诗歌未来的洞见，更有对当今诗坛的悉见，了解全面了才能比较，才会让学生的诗兴萌动、诗之胸怀拓展。

钱静教授讲诗多年不辍，在扬州教坛素负盛名，好像得来全不费工夫。究其实，上述条件一个不缺，读钱静的书，最好观摩一次她的诗歌课程，便可了然。如果听过她的讲课，是你的运气，听说钱静准备收山，放下教鞭了；如果此外有更多的发现，那是你的福气，更是你比笔者有底气。

读，期待气象万千！

徐德明

2021 年 7 月 20 日于扬州

自 序
我们为什么需要诗歌

有学生问我：诗是什么？我答：一言难尽，就像是禅。

于是在课堂上，我给学生讲诗。讲啊讲啊，讲到了爱。在我看来，爱就是诗。

我有个朋友如花似玉，喜欢读书而轻名利，嫁了个写诗为生的男人。在这个诗歌式微的年代，注定了他们只能清贫度日。他们在郊区租了一个小院，种了一院子的菜与花，过着男耕女织的日子。一个如花似玉的女子，住在寂寞的郊区，陪着一个写诗的男人，这本身就是一首诗啊。一年以后的冬天，朋友喊我去她家吃饭，说她女儿满月了，说女儿出生时，天下着大雪，雪飘进屋里，于是给女儿取名"飘雪"。在我看来，这就是诗。

诗不只是文本，也不必在远方，而是在当下。一个诗意的人，一颗善良的心，一段日常生活，一种素朴的安宁，还有苦难中的坚持，都是诗。天地自然，草木成趣，让你能够邂逅，并且感受到美，就是诗。人生的韵律节奏，无论春夏秋冬，无论喜怒哀乐，无论爱恨情仇，无论生老病死，也是诗。人与人之间有一种气息，无论他在天涯海角，还是远隔千山万水,总会在茫茫人海相遇,让美好的事物有价值,让认真生活的人有温暖,更是诗。

诗是什么？诗是人生,诗是万物,诗是一切。

有学生问我:怎么写诗？我说:写诗对于我,只是写出来而已。如果要谈论技法,唯一的就是写真。

诗是用心来写的,心没到那个境界,写也不可能写到。心到了某一个境界,语言才可以是最简单的、最直接的。简单而且直接,才能到达高处。谁也读不懂的,就失去了意义。我们只有在谈论简单的时候,才会发现复杂是多么复杂。是因为人心、人性的复杂,才把诗写得过于复杂了。

诗歌是语言的艺术。如果眼界不够宽,境界也就不会高,会把天生的语言能力,堵死在很窄的范围内,会在气质上跟不上来,原始的、自然的、浑朴的灵气没有了,靠后天的匠气、才气怎么也弥补不了。如何让诗歌成为诗歌,唯有节约、节省、节制,直到语言本身彻底不动。直觉与语言的同步转换,才能产生诗歌的直指,这个直觉进入诗歌,所有的字句都会带上光芒。

诗,在天地之间,如彗星出现,转瞬即逝,甚至不为人知,在语言之中更为隐秘,更为崇高。海德格尔在《在通向语言的途中》中说:"每个伟大的诗人都只出于一首独一之诗来作诗。"从这首"独一之诗"涌出一股泉流,推动着诗意的言说。

我们常常把写作当作神圣的事情,把诗人看成是诗神、诗圣、诗仙,好像写诗就高人一等,其实这都是一种误读,都是名利之心在作怪。写诗如同喝茶一样,喝茶是平平常常的,写诗是平平常常的,这些都是一回事情。以平常心、同理心、同情心写诗,本身就是诗。

做茶最难克服的是做作,写诗最难克服的是写作。喝到一杯好茶,如同面对明镜,常常令人羞愧。读一首好诗也是这样,羞愧到你会对诗说:我还没有学会爱你,我可以用一生为你低头。我读王维的诗,就有这种感觉。

一个好的诗人往往是这样的:能够自觉消除由个人情绪失控造成的败笔;能够在写作中克服写作从而超越写作;能够突破大多数人的想象,没有人比他更寂寞更孤单。也就是说让他孤独地面对自己、面对宇宙,让他把写作还原为本能。让写作自己完成写作。

因此,诗不是学来的,是天生的。真正的诗人,都是天才。

把诗写成文字,让诗自己说话。诗里并没有诗,只有你的思想。写是为了不写,写诗没有出路,只是写写而已。

很多人认为,这是一个诗歌无用、诗意无存的年代,我们为什么还要读诗呢?

首先是因为美,即语言的美感。在中国古典诗词中,谈到语言的美感,我尤为推崇南唐后主李煜。比如想念故人、故园、故国的时候,你只会说:"思念、想念、怀念",李后主却说:"剪不断,理还乱,是离愁,别有一番滋味在心头。"比如表达孤独的时候,你也许只能抱紧自己,而诗人白鹤林的《孤独》将之表达得十分寂寥:"从童年起,我便独自一人照顾着历代的星辰。"

其次,诗歌除了语言的美感,更重要的是传递精神力量。比如陕西榆林的"工地诗人"李小刚,在尘土飞扬的工地上,整天开着装载机,却喜欢阅读与朗诵。他一边用汗水构筑自己的现实生活,一边朗读李白、杜甫、徐志摩、海子的诗。我们被这位"工地诗人"所感动，是因为感受到了他对生活的热爱。

这就是诗歌的力量。我们不仅需要生存，还需要生活的诗意。就像电影《死亡诗社》里的教授所说："我们读诗、写诗不是因为好玩，而是因为我们是人类的一分子，而人类是充满激情的。没错，医学、法律、工程、商业，这些都是崇高的追求，足以支撑人的一生。但诗歌、美丽、浪漫、爱情，才是我们活着的意义啊。"

在很少有人读诗的当下，哈佛大学终身教授斯蒂芬妮·伯特写了一本书——《别去读诗》。斯蒂芬妮·伯特曾在 TED 发表演讲《我们为什么需要诗歌》，被《纽约时报》誉为"当代最具影响力的诗歌评论家之一"。她想通过《别去读诗》消解大家对诗歌艺术的紧绷状态，打破人们对诗歌的偏见。其实斯蒂芬妮·伯特说别去读的"诗"，是那种单一的、没有灵魂的、千人一面的诗，"诗"这一个词掩盖了诗的丰富性与多样性，让诗成了一个令人畏惧的单一概念，堵住了每个人通往诗歌的道路。

诗歌就像音乐一样，是一种工具，音乐用声音反映事物，诗歌用语言反映事物。关于自然和思想，在歌声和语言之中，映射出每个人的生活，所以要去读不同的作品，走进不同诗人的内心世界，获得不同的体会。更重要的是，别去"读"诗，而是用心去"感受"诗。

我们需要读诗写诗，期待诗歌闪光的纯粹，期待诗歌带来的清醒，期待点亮被忘却的事物，让平常的日子闪耀光芒。

读诗与写诗对很多人来说，似乎是遥不可及的事情，其实生活和万物都是诗，我们每个人都可以写诗，好的诗并不让人惊艳，也不会去

自序 我们为什么需要诗歌

故作高深。我们读诗写诗的时候,会产生一种日常感,像一杯白开水一样,无论什么时候喝下,都能让人觉得安心。诗歌以一种坦然与自知的姿态,把单调日子里的褶皱一点点铺展,再细细地抚摸,然后让我们在时间的褶皱里安身立命、沧桑而清白、淡然而诚恳。

诗歌所呈现的一切都是具体的,传达的感觉、情绪、思想也是可感可触的。不是影影绰绰漂浮在半空的积雨云,而是实实在在的每一滴雨,是内心一寸寸建立起的安全感。当生活里有一部分是确定不变的,比如健康,比如活着,其他再多的变化,我们只能坦然接受,哪怕是不可预测的瘟疫或灾难。但是我们始终认为,只要诗歌仍然存在,很多纷争是可以避免的,可以减少许多人为的灾难,因为诗歌就像信仰,可以提高我们的修养,提升我们的思想与灵魂。

诗歌是自由的、美好的,是无心插柳却如期而至的。但是如果用散文的语言写诗,写着写着就会不像诗了,所以要提高诗歌语言的素养,唯一的途径就是多读多写。写诗读诗的那种幸福感,来自一种沉淀的坦然,就是接受了很多的空白,接受了很多的无意义,接受了很多的人世不公,仍然会在遇见或想起美好的时候笑起来,仍然会在无聊的时候对着一朵花发呆。诗歌教会我们的,最最重要的是,你会越来越相信自己,越来越相信生活,而不是过于崇拜宗教信仰,更不是过于崇拜什么偶像。

我虽然是江苏作协会员,但本质上是个教师。我只是安静地过自己的日子,用诗歌散文记录自己的生活。我像写日记一样写诗,有时候过分直白,有时候过分抒情,都不太像现代诗。我只是提醒自己,在琐碎的日常里,隐藏着司空见惯又惊为天人的秘密,如此活着便足够欢喜与珍惜。我们一生的努力并非是为了取得多大的成就,而是学习如何去除我们作为一个人的毛病,真正活成人本来应该有的样子,为此我们常常仰望星空而独自羞愧。

我们对生命充满敬畏,我们对生活充满热爱,我们想美好地活着,我们想优雅地老去。读诗写诗的意义,全部就在于此了。

钱　静

2021 年 7 月 25 日于石柱山庄茗香苑

导 论

文学语言的研究,在中国现代文学的研究中,一直是比较薄弱的环节。任何文学都不可能脱离语言而存在。文学语言的核心是诗性语言,或者说,诗歌语言是典型的文学语言,是文学语言中最为精粹的语言,因此,诗歌语言问题也就成为困扰研究者的一个难题。从20世纪80年代开始,诗歌语言问题开始进入学术视野,我们越来越清醒地意识到,正是语言的变迁从根本上改变了中国现代诗歌的面貌,诗歌语言问题渐渐成为一个显著的诗学问题凸现出来。

一、本课题的意义及目标

"没有诗的年代,是没有理想的年代。膨胀的物欲不仅夺走了我们的白天,还侵占了我们有梦的夜晚。"[1]在诗歌越来越边缘化的年代,重新审视诗歌的本质,阐释诗歌的意义,探索诗歌的语言,似乎显得不合时宜,但惟其如此才更有意义。

---

[1] 祝勇.手心手背[M].北京:中国文联出版社,1999:118.

自新诗诞生以来,围绕着新诗或曰白话诗、现代诗、现代汉语诗歌的论争、探讨很多,对新诗历史的研究,对流派社团的研究,对诗人及诗歌文本的解读,都取得了令人瞩目的成就。比如,袁可嘉的《论新诗现代化》(三联书店 1988 年版),孙玉石的《中国初期象征派诗歌研究》(北京大学出版社 1983 年版)和《中国现代主义诗潮史论》(北京大学出版社 1999 年版),陆耀东的《二十年代中国各流派诗人论》(中国社会科学出版社 1985 年版),骆寒超的《中国现代诗歌论》(江苏人民出版社 1984 年版)和《二十世纪新诗综论》(学林出版社 2001 年版),洪子诚、刘登瀚的《中国当代新诗史》(北京大学出版社 2005 年版),谢冕的《中国现代诗人论》(重庆出版社 1986 年版),谢冕、姜涛、孙玉石等的《百年中国新诗史略》(北京大学出版社,2010 年版),龙泉明的《中国新诗流变论》(人民文学出版社 1999 年版),许霆、鲁德俊的《新格律诗研究》(宁夏人民出版社 1991 年版),许霆的《中国现代主义诗学论稿》(上海文艺出版社 2005 年版),江弱水的《卞之琳诗艺研究》(安徽教育出版社 2002 年版),蓝棣之的《现代诗的情感与形式》(华夏出版社 1994 年版),章亚昕的《中国新诗史论》(山东教育出版社 2006 年版),王珂的《百年新诗诗体建设研究》(上海三联书店 2004 年版),刘继业的《新诗的大众化与纯诗化》(北京大学出版社 2008 年版)等。

上世纪末本世纪初,"现代诗歌"的"现代性"研究开始进入了学术视野。比如李欧梵的《中国现代文学与现代性十讲》(复旦大学出版社 2003 年版),江弱水的《中西同步与位移:现代诗人丛论》(安徽教育出版社 2003 年版),龙泉明的《中国新诗的现代性》(武汉大学出版社

2005年版),李怡的《现代性:批判的批判》(人民文学出版社2006年版)和《中国现代新诗与古典诗歌传统》(北京大学出版社2008年版),张松建的《现代诗的再出发》(北京大学出版社2009年版),吴晓东的《二十世纪的诗心》(北京大学出版社2010年版)等都各有建树。但他们往往从美学的、文化的乃至社会学的视角解析诗歌现象,即便是关于现代诗歌的诗性内容与表达形式的探讨,也往往是对诗歌文本的分析或音律结构的解剖。换言之,大量的研究其实还不能明白地回答诸如此类的问题:什么是现代诗歌?现代社会与现代性、现代人与现代诗人的关系如何?现代诗歌如何去表现现代性?现代诗歌语言如何去表达现代性?

如果将这些问题回答清楚了,诗歌理论的研究就走向了一个新的层面。当然,古今中外的诗学理论、美学理论乃至哲学理论综合起来都难以解答这些看似简单的问题,越是简单的问题论证起来往往越是艰难,但我们必须更多地趋近于这些根本的诗学问题的研究。

诗歌语言是所有文学语言中最为精粹的语言,诗歌语言问题也一直是困扰研究者的一个难题。从20世纪80年代开始,诗歌语言问题开始进入学术视野,人们越来越清醒地意识到,正是语言的变迁从根本上改变了中国现代诗歌的面貌,"正是这个表面上被我们所'使用'的现代汉语,在最深层的意义上规定了我们的行为,左右了我们的历史,限制了我们的书写和言说"[①],诗歌语言问题逐渐成为一个显著的诗学问题凸现出来。

在中国现代诗歌的研究中,语言研究一直是比较薄弱的环节。任

---

① 李锐.我对现代汉语的理解[J].当代作家评论,1998(3).

何文学都不可能脱离语言而存在。文学语言的核心是诗歌语言,或者说,诗歌语言是典型的文学语言。诗歌本身就是一种"语言",一种包孕着诗性的语言。这里的"语言"既包含了语言的表达,也包含了表达以前的诗性思维。诗歌是以特别的样式(文本)呈现出来的言说,渗透着言说者(诗人)的精神气质,显现着言说者(诗人)与现实世界的对话,从而显示了诗歌语言的现代性。虽然已经有不少研究者开始关注研究这个问题,但是,还很少有人进行系统的分析整合,也很少有人从文艺学美学的角度进行理论提升。因此,本课题具有一定的创新性。

本课题运用历史与逻辑相统一的方法,试图从语言的角度切入现代诗歌理论与创作的研究,通过对现代诗人创作个性的分析,考察现代诗歌的诗性思维以及与之相称的语言表达;从语言的层面追问现代诗歌何以成为可能,即现代诗歌之所以成为现代诗歌的内在依据等问题;梳理现代性与现代诗歌、现代社会与现代性、现代人与现代诗人的关系;探讨现代诗歌如何表现现代性,现代诗歌语言如何表达现代性等问题,从这一角度部分揭示中国现代诗歌遭遇的困境以及未来可能发展的方向。

二、本课题的科学性及可行性

诗究竟是什么?因为诗本身界定的复杂性,如果我们继续从形而上的、玄学思辨的视角去探讨诗的本原,其结果不是走向宗教,就是陷入某种神秘状态。也会使本来就复杂的问题,更加显得高深莫测。我们如果换一个视点与角度,由形而上的玄学思辨转而结合形而下的语言实证,以语言为本位去探讨这个问题,也许是一条新的出路。从语言本位审视诗和诗人,探讨诗歌的问题应该更为直接。作为一种文本的存在,诗正如法国诗人彼埃尔·勒韦尔迪所言:"是用词体现出来的,并且只能用词来体现"。无论长诗短诗,都是由词或词组构成的话语系统。诗人写诗,不管是为自己而写,还是为别人而写,语言都是唯一的表达方式。

　　海德格尔曾经说过,语言是存在的家园。诗是诗人的语言方式,也是诗人的存在方式。金圣叹在《与家伯长文昌》中说:"诗非异物,只是人人心头舌尖所万不获已,必欲说出之一句说话耳。"意大利诗人夸西莫多认为,诗往往会在孤独当中产生,从孤独的言语变成社会学、政治学的诗句,传递到社会中;即如抒情诗,亦不过是说话而已,听众站在诗人的形而下或形而上两方面亦可,虽只属一人亦可,属千百人更行。由此可见,古今中外的诗歌,就其语言本原而论,都是一句话:一句长长短短的话。当然,这句话并非是随便的一句话,必须是源于生命体验的最深处,即一句真话;必须有强大的语言冲动和不可抑制的表现欲望,即一句非说不可的话;必须在语言及其表达方式上别无选择,即一句非用诗来说不可的话。海德格尔也认为,诗并不是一种随意的言说,而是一种特殊的言说,这种言说,将我们日常语言所讨论和与之打交道的一切带入并且敞开。与其说,诗把语言当成备用的材料,毋宁说,是诗第一次使语言变为可能。语言本身就是根本意义上的诗,所以,语言的本质必须通过诗的本质来理解。海德格尔说:"虽然诗人也使用词语,但不像通常讲话和书写的人们那样必须消耗词语,倒不如说,词语经由诗人的使用,才成为并保持为词语。""语言是诗,不是因为语言是原始诗歌;不如说,诗歌在语言中发生,因为语言保存着诗的原始本质。"①

三、本课题的重点及相关概念

1. 现代性与现代诗歌

历史上从来没有像现代人那样强烈地感受对"现代"的自主意识、焦虑和渴望。"现代"已经成为一个富有强大魔力的词,成为现代最大的神话和意义的熔炉。在马泰·卡林内斯库看来,所谓"现代性(modernity)",是从波德莱尔开始的。在其著作《现代性的五副面孔》中,他系统地阐述了"现代性"在其发展过程中,演化出先锋派、现代主义、颓废、媚俗、后现代主义等"五副面孔"。不难看出,他所说的这种现代性,已经具体化为某种文艺形态和文艺风格,体现着人们的某种审美意识,是文艺学和美学意义上的"现代性"了。

也有从哲学的层面上来谈论"现代性"的。哈贝马斯把"现代性"看成是一种新的社会知识和时代,是个人进行自我选择,实现主体价值的自由;福柯则把"现代性"理解为"一种态度",一种"社会的精神气质",一种时代的意识与精神;现代性又是一种文明模式,正如迈克·费瑟斯通所言:"事实上,现代性使得欧洲人可以把自己的文明、历史和知识作为普通的文明、历史和知识投射给别人"②;现代性也是一种叙事方式,利奥塔指出:"在《后现代状况》中我关心'元叙事',是现代性的标志,理性与自由的进一步解放,劳动力的进步性或灾难性的自

---

① 海德格尔. 林中路[M]. 孙周兴,译. 上海:上海译文出版社,1997:31,58.
② Mike Featherstone. *Undoing Culture: Globalization, Postmodernism and Identity*[M]. London: Sage,1995:10.

由(资本主义中异化的价值来源),通过资本主义技术科学的进步整个人类的富有,甚至还有——如果我们把基督教包括在现代性之中的话——通过让灵魂皈依献身的爱的基督教叙事导致人们的得救。黑格尔的哲学把所有这些叙事一体化了,在这个意义上,它本身就是思辨的现代性的凝聚。"[①]此外,现代性还是一种社会生活的形态,现代性也是一个历史断代术语,现代性更是一项未竟的事业……

我国学者也在此层面上,对"现代性"的特征及内涵,提出了自己的看法:首先,"现代性"标志着从传统到现代的转变,标志着与某些传统的断裂。其次,自由构成"现代性"的核心,人的各种权利的保障构成"现代性"的前提。再次,"现代性"表现为建立起竞争的机制规范和竞争的理性化过程[②]。

现代性体现于文化、文学艺术。相对于其他艺术,诗可以说是最私人,也是最个人的表现形式。诗的存在理由已由文学以外的"功用"逐渐聚焦于文学本身的意义和价值。18世纪哲学家康德即已提出艺术之本质在于"无所为而为""无特定目的之目的性";浪漫主义诗人柯勒律治认为诗是一个浑然天成、自给自足的想象世界;19世纪中后期象征主义以"纯诗"为理想,瓦雷里宣称诗"最无用因此最宝贵";20世纪以艾略特为宗师的新批评主义强调诗的有机统一性,哲学家翁华德提出诗的本质是主体与自身的对话。若论现代性的深刻与细微,在中国现代文学中,要数现代诗歌的表现最为突出,现代诗

---

① 利奥塔.后现代性与公正游戏——利奥塔访谈//书信录[M].谈瀛洲,译.上海:上海人民出版社,1997:169.

② 陈嘉明."现代性"与"现代化"[J].厦门大学学报(哲学社会科学版),2003(5):17-19.

歌可以说是古今中外、纵横多元的现代性融合。以上观点和理论曾在中国现代诗中引起过回响，包括20世纪20年代的象征诗，三四十年代的现代诗。

通常意义上中国的"现代诗歌"是指20世纪初自"白话诗"运动兴起以来直至40年代的白话新诗，中国诗歌由此迈上了现代化的进程，这是本文重点研究的对象。同时，"现代诗歌"更应是体现现代化进程和审美现代性的诗歌，这一进程一直延续至今，现代性也远未终结。从现代性角度加以考察，20世纪的白话新诗都属于"现代诗歌"。一言以蔽之，"现代诗歌"是体现着审美"现代性"的"现代白话新诗"。

2. 现代诗歌语言

一首诗的核心是个人的、内在的、独一无二的声音，它具体表现在一个多层次的语言结构中，包括语汇、句法、意象、语气、视角、感知等等。这个复杂的结构即是诗的文本。

既然现代诗歌是指用现代白话，或者说是用现代的汉语写成的，体现着"现代性"的诗歌，这就决定了它语言表达的特质："现代性"。本课题试图从诗歌语言的本体特征以及现代诗人的个体创作，去考察现代诗歌语言的现代性问题。

语言是表达观念的符号系统，它负载着人类对世界的感知、认识，表达着人类的思想、情感，随着社会的不断发展，语言在不断地发展变化，同样，诗歌语言也在不断地发展变化。从现代性的角度来看，相对于欧美国家的原发现代性，中国近现代产生的现代性运动是在西方社会的影响下发生的，是一种后发现代性，它既有现代性的普泛性质又有自身的特点。"文学的现代性和社会本身的状况有着密切关联。从欧美发达国家角度看,中国在自工业革命以来推进的现代化进程中,属于后发的现代性,其现代性是非常不充分的,也和西方意义的现代性有着差异。因此,我们一方面需要通过现代性这一维度来切入中国的文学问题,另一方面又必须意识到它的特殊性。这样的现代性不妨称其为后发现代性。它有着时间上的后发属性,更关键的在于,它在性质方面与西方现代性有着差异。而对这种差异的揭示,除了有助于理解和阐释具体文本,同时也应成为我们建构文学研究基本框架的出发点。"[1]本文就是将现代诗歌语言放置在这一背景之中加以考察,探讨中国现代诗歌语言的生成、发展与变化,它如何体现现代性,如何表达现代性,在现代性运动的过场中如何体现出中国现代诗歌的特殊性。

3. 诗的语言与日常语言

画家德加曾对诗人马拉美感叹:我有很丰富的思想,但是,我无法表达出我想要说的话。马拉美回答他说:诗是用词语来写的,不是用思想来写诗的[2]。这就涉及一个诗的语言与日常语言的差别问题。德加的错误就在于他忽视了诗的语言和日常语言的差别,他只是急于透过语言而表达思想,然而德加不能用思想作画,就像思想不能等同于诗一样。

诗的语言与日常语言的区别在于:日常语言总是遵循着一定的逻辑原则,历史地积存着某些经验因素,使得人们透过语言本身得到某种意义,强烈的指涉功能造成它自身的"透明性";而诗的语言恰恰相

---

[1] 张荣翼. 中国文学的后发现代性语境[J]. 学术月刊,2007,1:91.
[2] 伍蠡甫. 现代西方文论选[M]. 上海:上海译文出版社,1983:32.

反，诗的语言是模糊的、隐秘的，在俄国形式主义者说来，就是所谓的"陌生化"。中国现代诗歌的早期白话诗阶段，"日常"语言突然"被诗化"，让人们侧目而视。然而，诗人们渐渐自己不满足起来，于是，在诗歌语言的凝练上花了功夫，日常语言被反复锤炼，句子形式也被创造性地调度运用，诗性的语言才得以产生。

对于中国现代诗歌的研究，有许多是就诗的形式论述诗的形式的研究，但很少有估量诗的语言在整个语言系统中地位的研究。在中国的文学传统中，正统文学的语言是文言文，并非与日常语言血肉相连，因此，中国诗歌的语言先天的与日常语言隔着一段距离。然而，中国诗歌的语言不是静止的，古典诗歌曾经与口语相近过，在经历了漫长的格律化运动后，才有了异乎常言的诗的语言。

中国古典诗歌的语言，是以文言文为基础的，因此距离口语较远。这不仅是一种形式现象，同时也影响到诗的特性。"中国语特别是其文言所表现出来的孤立语的性质之强，使诗语与诗语，诗句与诗句之间的关联，与其说是逻辑性的倒不如说是感觉和情绪性的……因而留给读者一种很大的根据自身体验去作主体性解释的可能。"[①]由此可见，中国诗歌由于自身语言的特点，先天具有契合现代对于诗的特质的理解的优势，更能突破逻辑关系的束缚，更能激发读者的想象力，呈现多种可能性的诗境。

4."诗与思"的关系

"将语言从语法中解放出来使之进入一个更原初的本质构架，这

---

① 松浦友久.唐诗语汇意象论[M].陈植锷，王晓平，译.北京：中华书局，1992：7.

是诗与思的事。"①海德格尔认为,艺术作品必须摆脱语言"逻各斯"(即"语言"与"理性",强调语言的理性)的统治。"艺术作品以自己的方式开启存在者之存在。这种开启,即解蔽(Entbergen),亦即存在者之真理,是在作品中发生的"②。在艺术中"这个存在者进入它的存在之无蔽之中"③。事实上,法国象征主义诗人早就有类似的努力,亚瑟·西蒙斯曾评说马拉美的诗,是串联物象便成为诗,而马拉美则进而抽去串联的锁链,力图摆脱逻辑的束缚,从而革新诗的句法,使诗呈现多种可能性,切近它所表现的世界的真实状态。罗兰·巴尔特说,马拉美式的"现代诗摧毁了语言的关系,并把话语变成了字词的一些静止的栖所。这就意味着我们对自然的认识发生了逆转。新的诗语的非连续性造成了一种中断性自然,这样的自然只能一段段地显示出来。当语言功能的消隐使世界的各种联系晦暗不明时,客体在话语中占据了一种被提高的位置:现代诗是一种客观的诗"④。他以传统的观念评价现代诗的新貌,明显地看到了新诗的现代性。

中国现代诗歌的发展历程似乎恰恰是相反的逆变。中国现代的文学革命,一个非常核心的问题,就是以白话文为文学语言。近代的"诗界革命"写出了前所未有的新内容,黄遵宪呼喊"我手写我口",胡适倡导"作诗如作文",而作文当"有什么话,说什么话",完全的大白

---

① 甘阳. 从"理性的批判"到"文化的批判"[M]//卡西尔. 语言与神话. 于晓,译. 上海:三联书店,1988:18.
② 海德格尔. 林中路[M]. 孙周兴,译. 上海:上海译文出版社,1997:23.
③ 海德格尔. 林中路[M]. 孙周兴,译. 上海:上海译文出版社,1997:19.
④ 罗兰·巴尔特. 写作的零度[M]. 李幼蒸,译. 北京:中国人民大学出版社,2008:32.

话，空前的口语化，胡适站在背离传统诗歌语言的立场上，虽然经历了一段放脚的尴尬，终于到达了他所谓"新诗"的境地。

  白话文运动冲破了文言文为基础的文学语言体系，对于诗的语言乃至诗的特质都是一次极大的挑战。以散文化的句式，漠视诗的形式特性，同时忽略了诗的特质。虽然许多有识之士对新诗的过度自由深表忧虑，许多人的心里都暗中悬着一个古典诗的榜样，但真正有价值乃至产生影响的新诗，大多由脱化译诗或西方观念而来，比如闻一多便是以西方律诗来解释诗的形式的，他的"三美理论"正是杂糅的舶来品。这一现象是因为新诗的研究者与创作者，面对以白话文为基础的新诗，发现了西方诗歌逻辑明晰，新诗句式与其有类似构架，因而可以借鉴西方诗的格律，建立中国新诗的格律。由于这个原因，中国新诗的格律化渐远于古典格律诗，而呈现出贴近日常语言的逻辑句法。比如闻一多的《死水》，句式是白话，富有节奏感，以"音尺"量之，也非常合度。白话文为新诗的基础语言，使新诗表现力及可能性都发生了很大变化，这是新诗语言非常本质的一个变动。

  新诗空前地贴近日常语言，接受了许多非诗的句法。现代派诗人似乎更为自觉地试图扩展诗语的表现可能，新诗必须扩张其语言的多义性，蕴含能激发想象的多种可能，从语言的逻辑关系中解放出来，超越日常语言而成为诗的语言。

  诗完全是精神的事情，越是精神的越是秘密的。因为精神不像物质，那样能显而易见。精神需要语言表达，而语言常常是暧昧的。无论多么精确的语言，对于人的精神来说，都是暧昧不清的。或许人的精神世界，本身就是暧昧的。

四、本课题的研究方法

本课题运用历史与逻辑相统一的方法,以现代白话诗歌的理论践行的历时发展为依托,以诗歌语言理论建构为旨归,从语言层面探讨现代诗歌与现代性的关联,梳理现代性与现代诗歌、现代社会与现代性、现代人与现代诗人的关系;探讨现代诗歌如何表现现代性,现代诗歌语言如何表达现代性等问题。

现代诗歌理论及其创作是本课题的研究对象,在对现代诗歌的历时考察中力图揭示现代性对现代诗歌所产生的影响,它们是如何发生、发展与演变的,进而从理论上予以阐发、提炼,梳理出现代诗歌发展的内在逻辑。为了便于诗歌语言分析,行文中需要结合诗人有代表性的文本进行具体的个案分析,这一部分的分析采用例证法。

第一章
现代诗歌语言在尝试中成型

20世纪20年代,白话新诗创作之初,胡适"有什么话,说什么话"的尝试,语言过于直白,从而失去了诗味。郭沫若《女神》式的呼喊,语言过于直率,从而缺少了意蕴。冰心的小诗如清风扑面,语言又过于散文化。因此,这些作诗如作文、感情自然流泻的理论与形式,都需要新的诗学理论与实践来改变。

最早做出改变与实践的是沈尹默。他的《月夜》把中国传统诗歌的托物言志与西方象征派的表现方法相结合,反映了追求人格独立的现代主题:"霜风呼呼的吹着,月光明明的照着,我和一棵顶高的树并排立着,却没有靠着。"[①]他的《三弦》是一首散文诗,墙内人在弹着三弦,墙外坐着一个穿着破衣服的老年人,"双手抱着头,他不声不响。"墙内是三弦的哀音,墙外是人生的悲凉,土墙是中介意象,表现了诗人对人生的思考:心与心的相通,人与人的相隔。沈尹默的诗言近旨远,既有意象能指的存在性,又有意象所指的无限性。西方象征主义诗学

---

① 沈尹默.月夜[J].新青年,1917,4(1).

第一章 现代诗歌语言在尝试中成型

理论所倡导的,以"独立意义"的物象或故事来象征"另一种意义",在沈尹默的诗里有了最初对话的可能性。这是沈尹默对新诗语言的贡献,被胡适称为"意境"和"音节"上"最完全的诗"。①

周作人的《小河》被称为"新诗乃正式成立"②的标志。以"小河"被截堵的遭遇,象征了个性与人性的压抑,因此具有某种模糊性与不确定性,显示了现代的、象征的意味。此外,鲁迅的新诗《梦》《爱之神》《他们的花园》《他》《桃花》等,都有象征主义诗歌的意蕴。与此同时,郭沫若在豪放激越的浪漫主义歌唱中,也有现代象征手法的运用,也可以说是象征诗歌的尝试。比如他的《瞬间》"飞,飞,飞,我在车中做着我的立体诗",无论是色彩情绪,还是节奏动静,都显示出一定的现代性。此外,我们从梁宗岱的《晚祷》、刘半农的《敲冰》,以及王统照、田汉等人早期的新诗创作中,都可以看出中国新诗的语言,从一开始就有一种多元化的开放性品格。

即使是初期白话诗人刘半农,在1920年留学法国后,诗风也发生了巨大变化,渐渐趋向含蓄典雅。从1928年的《半农谈影》开始就主张艺术的模糊性。这也可以看成是写实主义诗歌内部的艺术转化。后期创造社的三位诗人,王独清、穆木天、冯乃超的诗,也显示了浪漫派诗人与象征派诗人之间的艺术蜕变。而这时的戴望舒,也由倾心于法国的浪漫主义诗人缪塞,转向于倾心波德莱尔、魏尔伦等诗人,他的诗集《我的记忆》(1927)、《银铃》(1929)在艺术上有了更大的发展,所

---

① 胡适.谈新诗[M]//胡适.胡适文集:第3卷.北京:人民文学出版社,1998:142.
② 朱自清.选诗杂记[M]//朱自清.朱自清文集:第4卷.南京:江苏教育出版社,1993:380.

以 30 年代初他把象征派诗歌,推到了更为蓬勃的现代派诗歌阶段,成为另一个更大的现代诗歌流派的领军人物。

本章以语言为核心,论述胡适、鲁迅、郭沫若、冰心、李金发、王独清、穆木天等人,在接受古典诗歌影响,借鉴西方诗歌精华,进行新诗理论建设,探索新诗创作原则,从事新诗创作实践等方面做出的尝试与努力。他们共同的理论探索与创作实践,开拓了中国现代诗歌最初的"航道"。

第一章 现代诗歌语言在尝试中成型

第一节 "白话诗"的"非诗化"

20世纪20年代初,"中国现代诗歌"从"中国古典诗歌"中"分蘖"出来,在由旧变新、由古到今的演变过程中,经历了长久的、巨大的阵痛与挣扎。以反对文言文,提倡白话文为目标的五四新文化运动,从本质上来说就是一场语言革命。而这场语言革命,又深刻地影响着新诗的发展方向。因为从新文化运动一开始,新诗就责无旁贷地承担着语言转型的使命。现代诗歌面临的首要困境就是语言的困境。胡适等初期白话诗人"有什么话,说什么话""做诗如作文"的新诗理论与实践,既是对诗歌语言,也是对诗的颠覆。他们的大胆尝试,既带来了文学观念的现代化和"诗体的大解放",同时也"收入了白话,放走了诗魂"①,削弱了诗味。

以下试从诗歌语言的角度,对五四新诗进行现代性反思。

在中国诗歌发展史上,五四新诗无疑具有里程碑的性质,其文学史的地位早已得到学界的公认,标志着中国诗歌由传统的古典形态向现代形态的转型。文学革命及其新诗运动本身就是一个现代性的事件,它典型地体现了现代性的时间意识和价值维度,正是借助进化论,文学革命及其新诗运动为自己找到了合法性的依据,进而确立了现代对传统,白话对文言的话语优先权,并以一种断裂的方式对文言及其

---

① 梁实秋.读《诗底进化的还原论》[J].时报:副刊,1922.

所代表的传统及文学进行了彻底的否定。简单地以白话代替文言,认定只有白话是新诗的"唯一利器",而不顾及二者之间的辩证关系,必然造成理论的偏至以及与实践之间的矛盾。

从现代性的视阈来看,新诗既是五四文学革命的直接成果,更是新文学运动所追求的现代性的产物。对于五四文学革命的历史意义,王瑶先生曾作过精辟的概括:"'五四'文学革命,提倡新文学,它的历史意义就是体现了中国人民要求现代化。什么叫文学革命?就是要求用现代人的语言表现现代人的思想。现代人的语言就是白话,现代人的思想就是民主主义。"[①]作为五四文学革命中的一支重要力量,新诗的建设者们以其具体的创作实践和鲜明的理论主张体现了现代化的时代要求,诗歌创作由此步入了现代性的进程。如何认识五四新诗的现代性特征,它为现代诗歌的发展积累了哪些经验,提出了什么问题,具有何种启示?下面试从五四新诗语言形式的现代性张力入手进行探讨。

一、现代性对传统的反叛

五四新诗运动所面临的首要问题是如何处理传统与现代的关系,这也是现代性理论中的题中应有之义。伊夫·瓦岱认为,西方自19世纪以来,现代性这一概念已成为文学、审美批评以及历史、社会学、经济、政治等领域中广泛使用的一个关键词,尽管它含义丰富难以界定,但有一点是可以肯定的,即现代性是与传统相对立的,是"传统的反衬物"[②]这是对现代性最通常的理解,也是我们切入五四新诗现代性

---

① 王瑶.中国现代文学史论集[M].北京:北京大学出版社,1998:298.
② 伊夫·瓦岱.文学与现代性[M].田庆生,译.北京:北京大学出版社,2001:10.

分析的重要角度。

　　新诗运动对于传统的反叛是全方位的，其奠基者胡适于 1935 年在《中国新文学大系·建设理论集》导言中总结新文学运动的理论时明确指出："简单地说，我们的中心理论只有两个：一个是我们要建立一种'活的文学'，一个是我们要建立一种'人的文学'。前一个理论是文字工具的革新，后一种是文学内容的革新。中国新文学运动的一切理论都可以包括在这两个中心思想的里面。"①由此不难看到新文学对旧文学反叛的姿态，新诗运动也正是沿着这两个向度展开的。但从文学革命包括新诗运动发轫期的理论和实践来看，它们对于旧文学的否定主要集中在语言形式上，传统文学的语言形式是文言文，而新文学建立的基础则是白话。早在 1917 年，胡适发表"新文学运动的第一次宣言书"②——《文学改良刍议》就已将矛头指向了文言，其后他在《历史的文学观念论》《论小说及白话韵文》《建设的文学革命论》等一系列文章中系统地阐明了他的白话文学主张。新诗运动也是从白话实验开始的，胡适说："文学革命在海外发难的时候，我们早已看出白话散文和白话小说都不难得着承认，最难的大概是新诗，所以我们当时认定建立新诗的唯一方法是要鼓励大家起来用白话做新诗。"③1920 年，胡适的《尝试集》出版，标志着现代白话诗取得了初步胜利，文学革命通过新诗获得了检验。在《尝试集·自序》中，胡适解释了文学革命为什么要以文言为突破口，他说："我们认定文字是文学的基础，故文学

---

① 胡适.胡适文集：第 3 卷[M].北京：人民文学出版社，1998：280-281.
② 胡适.胡适文集：第 3 卷[M].北京：人民文学出版社，1998：3.
③ 胡适.胡适文集：第 3 卷[M].北京：人民文学出版社，1998：297.

革命的第一步就是文字问题的解决。我们认定'死文字决不能产生活文学',故我们主张若要做一种活的文学,必须用白话来做文学的工具。我们也知道单有白话未必就能造出新文学;我们也知道新文学必须要有新思想做里子。但是我们认定文学革命须有先后的程序:先要做到文字体裁的大解放,方才可以用来做新思想新精神的运输品。我们认定白话实在有文学的可能,实在是新文学的唯一利器。但是国内大多数人都不肯承认这话,——他们最不肯承认的,就是白话可作韵文的唯一利器。"①在《谈新诗》里,他更是以西方文学变革的成功经验为依据,直接表明了文学革命以白话取代文言的必要性,在他看来,古今中外的文学革命都是从"文的形式"入手的,都是先要求语言形式的大解放。"形式上的束缚,使精神不能自由发展,使良好的内容不能充分表现。若想有一种新内容和新精神,不能不先打破那些束缚精神的枷锁镣铐。因此,中国近年的新诗运动可算得是一种'诗体的大解放'。"②在胡适看来,白话是一种"活的语言",文言是一种"死的语言",要建立一种"活的文学"必须废除文言,以获得语言和思想的解放。文学革命及其新诗运动的主张和实践,造成了文言与白话的尖锐对立,从而形成了轰动一时的文白之争。

作为文学革命和新诗运动的发起人,胡适为什么如此激烈地反对文言,以至于视文言为寇仇呢?从现代语言学的角度来看,任何语言体系一旦形成以后就如同社会制度一样,都是难以改变甚至是最难改变的,而每种语言体系都集中地体现了特定的文化、思维方式及其价

---

① 胡适.胡适文集:第3卷[M].北京:人民文学出版社,1998:128.
② 胡适.胡适文集:第3卷[M].北京:人民文学出版社,1998:133—134.

值观念。文言是两千多年封建统治的工具以及传统文化的象征,也是旧时代知识分子的仕宦工具,以白话取代文言,实际上就是通过对传统文化及其制度的形式载体的否定,宣告传统意识形态的终结,它标志着新兴的现代知识分子及其意识形态的崛起,通过话语方式的改变达到社会、文化及其价值观念的重建。语言问题从来就不是一个形式问题,对于"五四"文学革命及其新诗运动来说就更是如此,它形成于"五四"这一现代性语境,从一开始就是新文化启蒙运动的一部分,而非一场独立的文学运动。所以,文学革命和新诗运动初期的文白之争,并非简单的语言工具之争,而是新旧两种不同的思想、文化及其价值观念的激烈交锋;新诗运动"诗体的大解放"也不仅仅是语言能指形式的大解放,而是要打破旧文化的壁垒,使之能够自由地表达现代社会所赋予的"新内容和新精神"。由此看来,从语言形式入手所进行的文学革命和新诗运动,其所指实际上已经超出了文学的边界,体现了传统与现代之间的紧张关系,这是五四文学革命及其新诗运动所提出的问题。

二、现代性与传统的矛盾

事实上,文学革命及其新诗运动之所以发生并取得进展,完全是西方现代性与古老的中国文化发生碰撞的产物。为什么文学革命及其新诗运动最早、最有力的倡导者和实践者是留学美国的胡适,而不是鲁迅、郭沫若,更不是"国内大多数人",这是一个耐人寻味的问题。可以说,是西方现代性知识以及文学变革的经验给了胡适"第三只眼睛",使他最早捕捉到了新时代现代性的曙光。对于中国文学来说,文学革命及其新诗运动本身就是一个现代性的事件,它典型地体现了现代性的时间意识和价值维度。

在西方,现代性的时间观形成于文艺复兴时期,这是一种不同于传统神话循环观的历史线性时间观和直线进步的时间意识,卡林内斯库指出:"只有在一种特定时间意识,即线性不可逆的、无法阻止地流逝的历史性时间意识的框架中,现代性这个概念才能被构想出来。"①这种时间意识同时又构成一种价值维度,成为现时、求新、解放、进化、革命、光明等价值叙事,"人们可以注意到,现代性多数时候是被放在发展语汇中加以理论化的(循着启蒙的那些进步意识形态的思路),这意味着它较过去的历史'阶段'更'进步'。"②虽然中西方国家在现代性的进程上存在着非同步性和非同构性,但在西方现代化的刺激和压力下,20世纪初,中国终于艰难地步入了全球现代化的进程,文学革命及其新诗运动正是在西方现代性语境的激发下生成的,其话语方式和思维方式明显地体现了对于现代性的诉求。胡适说:"文学革命的作战方略,简单说来,只有'用白话作文作诗'一条是最基本的。……在那破坏的方面,我们当时采用的作战方法是'历史进化的文学观'……"③他坦言这种思想是受"达尔文以来进化论的影响"。④ 进化论成了文学革命及其新诗运动的思想武器,在《谈新诗》中,胡适强调:"我们若用历史

---

① 马泰·卡林内斯库.现代性的五副面孔[M].顾爱彬,等译.北京:商务印书馆,2003:18.
② 马泰·卡林内斯库.现代性的五副面孔[M].顾爱彬,等译.北京:商务印书馆,2003:341.
③ 胡适.胡适文集:第3卷[M].北京:人民文学出版社,1998:282.
④ 胡适.胡适文集:第3卷[M].北京:人民文学出版社,1998:283.

第一章　现代诗歌语言在尝试中成型

进化论的眼光来看中国诗的变迁,方可看出自'三百篇'到现在,诗的进化没有一回不是跟着诗体的进化来的。"这是一种自然趋势,"自然趋势逐渐实现,不用有意的鼓吹去促进他,那便是自然进化。自然趋势有时被人类的习惯性守旧性所阻碍,到了该实现的时候均不实现,必须用有意的鼓吹去促进他的实现,那便是革命了。"①正是借助进化论,文学革命及其新诗运动为自己找到了合法性的依据,在"革命""进化"这些典型地体现了现代性的时间意识和价值维度的话语的强力支撑下,进而确立了现代对传统,白话对文言的话语优先权,并以一种断裂的方式对文言及其所代表的传统及文学进行了彻底的否定,在《建设的文学革命论》中,胡适说:"我曾仔细研究:中国这二千年何以没有真有价值真有生命的'文言的文学'？我自己回答道:'这都因为这二千年的文人所做的文学都是死的,都是用已经死了的语言文字做的。死文字决不能产生活文学。所以中国这二千年只有些死文学,只有些没有价值的死文学。'"同时,他又强调:"自从'三百篇'到于今,中国的文学凡是有一些儿生命的,都是白话的,或是近于白话的。其余的都是没有生气的古董,都是博物院中的陈列品！"②

不可否认,文学革命"用白话作文作诗"的确起到了颠覆中国传统文学秩序的作用,开启了新文学的历史进程,其历史功绩显而易见。就新诗运动而言,对于胡适的贡献,梁实秋在《新诗的格调及其他》一文中早就作了很高的评价:"胡先生对于新诗的功绩,我以为不仅是提

---

① 胡适.胡适文集:第3卷[M].北京:人民文学出版社,1998:137-138.
② 胡适.胡适文集:第3卷[M].北京:人民文学出版社,1998:61.

倡以白话为工具,他还很大胆的提示出一个新的作诗的方向。"①但是,新诗运动中所存在的问题也是显而易见的,这就是如何以一种理性的、建设性的态度看待并处理传统与现代,亦即文言与白话的关系,这也是文学现代性自身所内含的矛盾与张力。

三、现代性与传统的张力

从学理上来说,传统与现代并不是截然对立的,二者之间存在着必然的联系,是一个连续、变化的过程,或者说是一种相反相成的关系。文学现代性也不是现代对传统的简单代替,而是一个二者融合与更新的过程。简单地以白话代替文言,认定只有白话是新诗的"唯一利器",而不顾及二者之间的辩证关系,必然造成理论的偏至以及与实践之间的矛盾。

具体来看新诗的理论主张与创作实践,我们不难发现二者之间的矛盾与脱节。一方面,他们激烈地否定文言,倡导诗体大解放,如胡适所言:"近年来的新诗发生,不但打破五言七言的诗体,并且推翻词调曲谱的种种束缚;不拘格律,不拘平仄,不拘长短;有什么题目,做什么诗;诗该怎样做,就怎么做。"②另一方面,在实际创作中他们又无法排除文言和传统诗体的影响。如梁实秋评价胡适的新诗时指出:"胡适之先生的《尝试集》,有些首的声调是不脱'词'的风味的,……有些首的内容也不脱中国旧诗的风味,……但是就大体讲来,《尝试集》是表

---

① 杨匡汉,刘福春.中国现代诗论:上编[M].广州:花城出版社,1985:141.
② 胡适.胡适文集:第3卷[M].北京:人民文学出版社,1998:138.

第一章 现代诗歌语言在尝试中成型

示了一个新的诗的观念。"①余冠英在《新诗的前后两期》中更是直言不讳地说:"前期的新诗最初即如《尝试集》中很多词调(如《鸽子》《老鸦》等),甚至有整齐的五言诗(如《蝴蝶》《希望》《相思》)。适之先生,《谈新诗》中也说当时除会稽周氏兄弟,新诗作者无不受词曲影响。我试检那时的诗,如陈独秀的《他与我》及吴芳吉《龙山曲》一类,是七言歌行;刘复《学新徒苦》,沈尹默《人力车夫》是乐府;沈兼士《春意》,余平伯《归路》是词;也有用曲调者,例如朱佩弦《挽歌》的结尾。"②即使是新诗后期受法国象征主义影响的李金发,他的诗"句法过分欧化,教人象读着翻译;又夹着些文言里的叹词语助词",③等等。

这种观念与实践之间的矛盾,有力地揭示了新诗运动中传统与现代之间的辩证关系,实在不是线性历史进化观以及传统与现代二元对立的现代性思维方式所能解释的。事实上,在胡适最初尝试新诗创作的几年里,他就清楚地意识到了这一点。1917年11月,他在《论小说及白话韵文——答钱玄同》中说:"先生论吾所作白话诗,以为'未能脱尽文言窠臼'。此等诤言,最不易得。吾于去年(五年)夏秋初作白话诗之时,实力屏文言,不杂一字。……其后忽变易宗旨,以为文言中有许多字尽可输入白话诗中。故今年所作诗词,往往不避文言。"④胡适对文言的矛盾态度,从表面上看来,令人难以理解,究其实质是由于传统与现代之间的张力所致。这是文学史运动自身规律的显现,也是五四新诗给后人带来的启示。

---

① 杨匡汉,刘福春.中国现代诗论:上编[M].广州:花城出版社,1985:141.
② 杨匡汉,刘福春.中国现代诗论:上编[M].广州:花城出版社,1985:157.
③ 杨匡汉,刘福春.中国现代诗论:上编[M].广州:花城出版社,1985:246.
④ 胡适.胡适文集:第3卷[M].北京:人民文学出版社,1998:38.

把传统与现代看成是相互对立和排斥的极端状态,在传统与现代之间造成人为的断裂,势必导致将"现代"简单地等同于"进步"的绝对化观念,从而形成创作上的误区。如前所述,由于新诗运动并非独立的文学运动,它所重视的是白话的语言工具性,而非文学性,所以,当新诗运动初期用白话创作,实现了"文字体裁的大解放",并"用来做新思想新精神的运输品"后,新诗立即暴露出了艺术上先天不足的缺陷,招致了众多非议。成仿吾在《诗之防御战》,穆木天在《谭诗》,王独清在《再谭诗》,梁实秋在《新诗的格调及其他》中均对此提出批评,其中,梁实秋的批评最为透彻:"新诗运动最早几年,大家注重的是'白话',不是'诗',大家努力的是如何摆脱旧诗的藩篱,不是如何建设新诗的根基。""新诗运动的起来,侧重白话一方面,而未曾注意到诗的艺术和原理一方面。一般写诗的人以打破旧诗的范围为唯一职志,提起笔来固然无拘无束,但是什么标准都没有了,结果是散漫无纪。"[①]这些来自新诗阵营内部的批评,恰恰道出了五四新诗在与传统决裂后文学性方面的缺失和不足。

  文言固然是旧文化的一部分,但是,文言诗歌所形成的文学经验、文学传统及其艺术成就,却不是轻易可以否定掉的,它是文学自律性的体现,为白话诗提供了参照。直到新诗运动的后期,新月派诗人在新诗艺术上补偏救弊,向传统吸取养料,主张新诗"节的匀称""句的均齐"、重视音韵,被称为"格律诗派"或"新格律诗",并且产生了广泛而深远的影响,从中我们又不难看到,传统与现代之间所保持的张力。

---

① 杨匡汉,刘福春.中国现代诗论:上编[M].广州:花城出版社,1985:142.

第一章 现代诗歌语言在尝试中成型

鲁迅先生在谈及五四新文化建设的目标时提出:"外之既不后于世界之思潮,内之仍弗失固有之血脉,取今复古,别立新宗。"①这应该是五四新诗现代性追求的目标,同样也仍然是当代诗歌创作所努力的方向。

---

① 鲁迅.鲁迅全集:第1卷[M].北京:人民文学出版社,1981:56.

第二节　语言与精神齐头并进

回顾中国现代诗歌发展的历程,我们发现在新诗的解放和新诗草创期,以胡适为代表的初期白话诗人,强调的是对诗歌语言形式的变革,并非是对诗歌艺术本质的思考。作为新旧过渡期的诗人,他们在理论和创作上存在着诸多矛盾:既想打破一切格律形式,又认为不能没有格律形式;既执著地创造新诗体,试验新音节,又缺乏统一的认识和理论建构。现代诗歌建设之所以出现迷惘与裹足不前的现象,主要是因为中国古代诗歌长期受到字数、句数、平仄、押韵、声调等格律的规范。"中国现代诗歌"从"中国古代诗歌"中分蘖出来,如同禁锢在笼中的鸟儿,一旦恢复了自由身,反而感到茫然无措,跌入散漫的空茫境地。

作为五四新文化运动的开拓者之一,鲁迅也认同将写白话新诗当成语言变革的手段。因此,他竭尽全力倡导用白话写诗,并且身体力行地创作了一些新诗。同时也意识到新诗创作在形式方面的问题。他说:"新诗先要有节调,没有节调,没有韵,它唱不来,唱不来就记不住,记不住,就不能在人们的脑子里将旧诗挤出,占了它的地位。"[①]同时也指出:"诗须有形式,要易记,易懂,易唱,动听,但格式不要太严。要有韵,但不必依旧韵,只要顺口就好。"[②]我们可以发现,鲁迅所说的

[①] 鲁迅. 致窦隐夫[M]//鲁迅. 鲁迅全集:第12卷. 北京:人民文学出版社,1981:556.
[②] 鲁迅. 致窦隐夫[M]//鲁迅. 鲁迅全集:第13卷. 北京:人民文学出版社,1981:220.

第一章　现代诗歌语言在尝试中成型

新诗形式,虽然已经相当简单灵活,但在当时实践起来并不那么容易。所以鲁迅也认为,新诗在语言变革和形式建设之间,在语言形式与精神内核方面,存在着诸多矛盾与困惑。

鲁迅的《摩罗诗力说》集中地体现了他对于新诗的思考,在中国现代文学史上具有划时代的意义。在这篇诗学文献中,鲁迅主要介绍、评论了拜伦、雪莱、普希金、莱蒙托夫、密茨凯维支、斯洛伐斯基、克拉辛斯基和裴多菲八位浪漫派诗人,开宗明义地提出了自己的观点:"盖人文之留遗后世者,最有力莫如心声。古民神思,接天然之閟宫,冥契万有,与之灵会,道其能道,爰为诗歌。其声度时劫而入人心,不与缄口同绝;且益曼衍,视其种人","立意在反抗,指归在动作","大都不为顺世和乐之音,动吭一呼,闻者兴起,争天拒俗,而精神复深感后世人心,绵延至于无已。"他指出:"上述诸人,其为品性言行思惟,虽以种族有殊,外缘多别,因现种种状,而实统于一宗:无不刚健不挠,抱诚守真;不取媚于群,以随顺旧俗;发为雄声,以起其国人之新生,而大其国于天下。求之华土,孰比之哉?夫中国之立于亚洲也,文明先进,四邻莫之与伦,蹇视高步,因益为特别之发达;及今日虽彫苓,而犹与西欧对立,此其幸也。顾使往昔以来,不事闭关,能与世界大势相接,思想为作,日趣于新,则今日方卓立宇内,无所愧逊于他邦,荣光俨然,可无苍黄变革之事,又从可知尔。故一为相度其位置,稽考其邂逅,则震旦为国,得失滋不云微。得者以文化不受影响于异邦,自具特异之光采,近虽中衰,亦世希有。失者则以孤立自是,不遇校雠,终至堕落而之实利;为时既久,精神沦亡,逮蒙新力一击,即寿然冰泮,莫有起而与之抗。加以旧染既深,辄以习惯之目光,观察一切,凡所然否,谬解为多,此所为呼维新既二十年,而新声迄不起于中国也。夫如是,则精神界之战士贵矣。"①鲁迅之所以赞赏"摩罗诗人",目的是要借此改变"愚弱的国民"的精神状态,唤起中国人民的觉悟。国家和民族的兴衰,依赖其国民的觉醒,国民自觉自醒了,国家才有新生的希望。而当时的旧中国,正处于沉睡不醒之中。因此需要精神的呐喊者,需要新诗人和新诗歌,需要一个"摩罗诗派"。他积极倡导"摩罗诗",同时也是想输入西方的新鲜血液,拯救中国旧文学的沉疴。鲁迅在文中指出,西方浪漫主义诗歌中,理想的色彩、浓烈的抒情、鲜明的个性、壮丽的自然、奇幻的想象等等,都是中国的旧文学所缺乏的。鲁迅期盼着一场暴风雨的来临,认为诗歌是这场暴风雨的前奏。他的这种期盼与预感,与五四新文化运动不谋而合。我们可以这样说,鲁迅的《摩罗诗力说》,为中国现代诗歌的诞生,注入了一剂强心针,输入了新鲜的血液。

鲁迅不仅在新诗理论上积极探索,也在新诗创作上积极尝试。在新诗现代化道路上,留下了拓荒者的脚步。鲁迅最早的诗作:《梦》《爱之神》和《桃花》,发表于1918年5月《新青年》第4卷第5号。接着又相继发表了《他们的花园》《他》等新诗。

我们知道,所谓新诗的"现代性",就是用现代的形式,现代的语言,反映现代人的思想,关注现代人的生活,传达现代人的情绪。鲁迅的这些新诗体现了现代性品质。不仅思想新潮,而且语言新颖,反映了新时代的新精神。比如他的《梦》,就具有鲜明的时代特点:"很多的梦,趁黄昏起哄。……去的前梦黑如墨;在的后梦墨一般黑;去的在的

---

① 鲁迅.摩罗诗力说[M]//鲁迅全集:第1卷.北京:人民文学出版社,1981:63—110.

第一章 现代诗歌语言在尝试中成型

仿佛都说,'看我真好颜色。'颜色许好,暗里不知……"①当时的社会背景是山雨欲来风满楼,各种思想、各色人等,鱼龙混杂、纷纷扰扰。社会一片黑暗,人民沉睡不醒,思想混沌不清。鲁迅运用象征、暗示等手法,鞭挞着黑暗的现实,憧憬着光明的未来:"你来你来!明白的梦。"而在他的《爱之神》中,无论是观念还是语言,都更加富有现代性意味。这首诗抨击了封建礼教,憧憬着自由爱情,喊出了爱之不能的苦痛:"你要是爱谁,便没命的去爱他;他要是谁也不爱,也可以没命的去自己死掉。"②而《他》这首诗,虽写了夏秋冬,但没有写春天。夏天"他在房中睡着",打开门一看,"锈铁链子系着"。秋风吹开窗幕,"一望全是粉墙""白吹下许多枯叶"。③ 冬天大雪纷飞,花是没法常留的。这首诗语言直白,运用了象征、暗示,构造意象营造意境,表达了春天没有到来,理想不易实现的苦闷,显示了现代诗歌的现代性意义。

对于鲁迅的新诗创作,刘扬烈教授是这样评价的:"事实证明,鲁迅的新诗创作,对当时正在兴起的新诗运动,具有很大的示范性和促进作用。他是最早吸取西方现代诗的经验,并用于创作实践中的一个。用得大胆,用得彻底,而且用得成功,确实难能可贵。他完全采用自由体,不拘格式,不事雕琢,更不玩弄词藻,不讲平仄对仗和押韵,是对旧体诗的全面革命。"④这一评价的确非常中肯。

---

① 鲁迅.梦[J].新青年,1918,4(5).
② 鲁迅.爱之神[J].新青年,1918,4(5).
③ 鲁迅.他[M]//鲁迅全集:第8卷.北京:人民文学出版社,1981:87.
④ 刘扬烈.鲁迅与中国新诗现代化[J].重庆广播电视大学学报,1996(4):20.

第三节 "绝端的自由,绝端的自主"

郭沫若的《女神》,是中国现代文学史上第一部具有巨大影响的新诗集。其中最早的诗大约写于1916年,绝大部分写于1919年到1920年,一小部分写于1921年。在此期间,他受到惠特曼诗歌的影响,对于《草叶集》他这样评价:"惠特曼的那种把一切的旧套摆脱干净了的诗风和'五四'时代的暴飙突进的精神十分合拍""彻底地为他那雄浑的豪放的宏朗的调子所动荡了"[①]。郭沫若的诗歌创作,在语言和形式方面体现了现代性,成功实践了诗人"绝端的自由,绝端的自主"[②]的艺术主张。他的诗,没有固定的格式,没有恒定的形式,完全听从诗人内心的召唤和情感的需要。比如《女神》中的诗,既有诗剧(如《女神之再生》),又有自由体(如《凤凰涅槃》);既有汪洋恣肆的长诗(如《凤凰涅槃》),又有短促激荡的诗句(如《天狗》)……随性而发,缘情而生,多姿多彩,不拘一格。

郭沫若在新诗表现形式方面,也做了积极有效的尝试。诗歌形式自由多变,运用比喻、拟人、夸张等多种手法,创造了全新的现代抒情形象。特别是运用奇特的想象,扩大了新诗的表现领域。我们知道,

---

[①] 郭沫若. 我的作诗的经过[M]//郭沫若著作编辑出版委员会. 郭沫若全集:文学编,第16卷. 北京:人民文学出版社,1992:216.

[②] 郭沫若. 郭沫若致宗白华[M]//郭沫若著作编辑出版委员会. 郭沫若全集:文学编,第15卷. 北京:人民文学出版社,1990:49.

第一章 现代诗歌语言在尝试中成型

诗歌靠想象的翅膀飞翔，但是我们不能完全依靠想象写诗。由此可见，想象虽然是诗歌的重要表现手法，但同时也必须受到理性的制约。

无论在西方还是中国，都有激情洋溢的诗歌，也有平静如水的诗歌，郭沫若的诗也是如此。华兹华斯说过，诗歌是强烈感情的自然流露，但这种感情又是"经过在宁静中追忆的。"① 孙绍振也指出，意境理论强调的"不是激情，并不是只有强有力的感情才能写成诗，一种特别微妙的感情也可以写成诗，而且是好诗"。② 郭沫若也按照情感的强弱，把诗歌分成了两大类："大波大浪的洪涛便成为'雄浑'的诗，小波小浪的涟漪便成为'冲淡'的诗"。③ 比如《地球，我的母亲》就属于前者。据说郭沫若写这首诗时，是在日本福冈去图书馆的路上。诗兴突然袭来，竟然脱下木屐，赤足在地上行走，甚至躺在了地上，去感受母亲的拥抱，如同处于癫狂状态。所以说这首诗，是激情的产物。而《天上的街市》就属于后者，语言清新、平和、冲淡：

> 远远的街灯明了，
>
> 好象闪着无数的明星。
>
> 天上的明星现了，
>
> 好象点着无数的街灯。
>
> 我想那缥缈的空中，

---

① 王佐良.英国诗史[M].北京：译林出版社，1997：233.
② 孙绍振.文学性讲演录[M].桂林：广西师范大学出版社，2006：244.
③ 上海辞书出版社文学鉴赏辞典编纂中心.新诗三百首鉴赏辞典[M].上海：上海辞书出版社，2008：34.

定然有美丽的街市。
街市上陈列的一些物品，
定然是世上没有的珍奇。

你看，那浅浅的天河，
定然是不甚宽广。
那隔河的牛郎织女，
定能够骑着牛儿来往。

我想他们此刻，
定然在天街闲游。
不信，请看那朵流星，
是他们提着灯笼在走。[①]

我们看到在这首诗中，第一节是诗人对现实的观察，街灯与明星都在熠熠闪烁着，让人产生扑朔迷离的幻觉。以下三节以"我想"构篇，都是写诗人的想象。不仅诗句字数相近，形成了和谐的节奏，也造成了一种意境，传达出诗人的情绪。"不信""请看"两个词语，有邀你同赏引你入境的作用。五个"定然"用得十分恰当，我认为这几个"定然"，既是诗人想象中的，又是现实存在的。并不是平常意义上的，而是带有不确定意味的。"我想""你看""不信"等词语，同样都传达了这

[①] 郭沫若著作编辑出版委员会.郭沫若全集：文学编，第1卷[M].北京：人民文学出版社，1982：194.

种不确定的、现代性意味。最后诗人写"流星"在提着灯笼走,这里的"流星",已经不是客观意义上的"流星",而是融入了诗人主观想象的"流星"。因此,诗人不是用"颗",而是用"朵",写出了流星的开放状态,传达一种现代的生命力。

通过这首诗的语言分析,我们可以看出诗人有两种状态:现实状态和想象状态。现实状态的诗人说"定然",传达的是现实信息;想象状态的诗人说"定然",传达的是审美信息。诗人通过不确定的语言形态,间接、含蓄、诗意地表达了自己对理想境界的追求。

第四节 小诗语言的审美风貌

每个时代都需要不同风格流派，不同审美风貌的文学作品。冰心的小诗也具有独特的语言风貌。冰心的艺术成就，不仅在于她蜚声文坛的"问题小说"，清新优美的"冰心体"散文，还在于她的小诗，用清新自然、温柔娇媚的诗歌语言，表现了对美好生活的细腻感受，形成了独特的语言审美风貌。

小诗，主要是指五四以后出现在诗坛上的一种短小自由的诗体，它的特点是以短小的形式抒发刹那间的感兴。从艺术手法来看，它可以抒情，也可以叙事说理；从诗的特点看，它也同样是通过具体形象和具有艺术魅力的意境来表达诗人对社会生活的具体感受，具有一般诗的特征，因此被称为"新诗的宠儿"而风靡一时。

小诗的形式主要来自日本和印度。1921年，周作人对日本的俳句作了翻译介绍，着重表现日本小诗轻妙的情趣，因此，日本小诗对当时中国诗坛的影响多是形式的影响，而在形式和内容两方面同时影响当时诗坛的是泰戈尔的《飞鸟集》。《飞鸟集》对冰心的影响很大，使她在五四运动中所激发出来的思想火花得以点燃，从而迸发出代表当时小诗最高成就的《繁星》和《春水》，这两本诗集收录了冰心1919年冬至1922年6月的诗作共346首。"自从冰心女士在《晨报副刊》上发表了她的《繁星》后，小诗颇流行一时。……使我们的文坛，收获了无数粒情绪的珍珠,这不能不归功于《繁星》的作者了。"①正因为其小诗成功的艺术实践和广泛的社会影响,小诗体也被称为"繁星体""春水体"。黄英在《中国现代女作家》中说,冰心的小诗"固然受了泰戈尔的影响,而这种诗体却因她的诗集,而在中国文坛上引起非常的共鸣,造成了所谓'小诗流行的时代'"。因此冰心作为小诗创作的代表,是当之无愧的。

小诗出现在 20 年代的诗坛,有其深刻的时代社会原因。1921 年,五四高潮已经过去,在黑暗的现实面前,那些"曾经一度受到'五四'新思潮的冲击,怀着美好希望觉醒过来的弱者,又深深的感到新的苦闷。他们痛恨这种黑暗的现实,却又没有击碰它的勇气;他们在现实中感到了'最深的失望',就只好到幻想中寻找'最大的快乐',梦想着在'自然的微笑里,融化了人类的怨嗔'"②。因而,五四低潮期的冰心,只能更多地产生"随来即去的刹那感兴,寂寞苦闷中的哀声轻叹,至多也不过是偶尔撞击于现实之上迸出的几颗火花"③。正如茅盾所说:"在这当儿,给予慰安,唤起新的活力,是文学家的责任。"因此,与其说是冰心选择了小诗,不如说是时代选择了小诗。冰心只是借小诗这种语言样式,以慰安者的姿态唤起青年新的活力,从而慰人自慰,她开出的慰安良方就是"万全之爱"——即回荡在她小诗中的主旋律。

梦样美丽的童年,雾般温柔的母爱,湛蓝深沉的大海,使冰心的童年和青年时代沐浴在爱的海洋之中,因而"她从自己小我的美满,推想到人生之所以有丑恶全是为的不知道互相爱;她从小我生活的和谐,

---

① 胡愈之.最近的出产·繁星[J].文学旬刊,1923(73).
② 刘福春.小诗试论[J].中国现代文学研究丛刊,1982(1):221.
③ 刘福春.小诗试论[J].中国现代文学研究丛刊,1982(1):222.

推论到凡世间人都能够互相爱"①。

别林斯基曾赞美普希金的"任何感情中永远有一些特别高贵的、温和的、柔情的、馥郁的、优雅的东西"②。冰心的小诗语言,同样显露了这一点,那就是对母爱、童心和自然的赞美。母爱是世界上最崇高、无私的爱,没有母亲,就没有爱,就没有生命。从小沐浴在母爱甘霖中的冰心,自然由衷地认为母爱就是生的慰安,美的典范了。她深情地唱道:

"造物者——
倘若在永久的生命中,
只容有一次极乐的应许。
我要至诚地求着:
"我在母亲的怀里,
母亲在小舟里,
小舟在月明的大海里。"

——《春水·一〇五》③

冰心的小诗语言,清新自然、温柔娇媚、激荡着一种发自天性的女诗人特有的温情。母亲的怀里,浪漫的小舟,月下的海洋,抒发了诗人对母亲的依恋,散发着万缕情思,使人倍感人间亲情的可贵,洋溢着一种人伦之美。诗人也热情地赞颂天真纯洁的孩子:

---

① 茅盾. 冰心论[J]. 文学,1934,3(2).
② 别林斯基. 别林斯基论文学[M]. 梁真,译. 上海:新文艺出版社,1958:59.
③ 冰心. 繁星春水[M]. 北京:人民文学出版社,1998:85.

第一章　现代诗歌语言在尝试中成型

"万千的天使,
　要起来歌颂小孩子;
　小孩子!
　他细小的身躯里,
　含着伟大的灵魂。"

——《繁星·三五》①

在她的诗中,爱与美又常常在自然中合二为一:

"这些事——
　是永不漫灭的回忆;
　月明的园中,
　藤萝的叶下,
　母亲的膝上。"

——《繁星·七一》②

在她纯洁欢悦的心灵里,自然是天之骄子,饱含着温柔的情思,散发着生命的气息和诱人的芳香。形成了她小诗语言特有的审美风貌:

"看呵!
　是这般的,

---

① 冰心.繁星春水[M].北京:人民文学出版社,1998:13.
② 冰心.繁星春水[M].北京:人民文学出版社,1998:23.

> 满蕴着温柔,
> 微带着忧愁,
> 欲语又停留。"

——《诗的女神》①

  冰心思考着生活,思考着人生。她在温暖的家里感到了"爱",而在社会现实中感到了"憎",她的"爱的哲学"自己证实而又自己怀疑,自己否定,处于痛苦的矛盾之中。1921年她在著名的散文《问答词》中写道:"这只是闭着眼儿想着,低着头儿写着,自己证实,自己怀疑,开了眼儿,抬起头儿,幻想便走了!乐园在哪里?天国在哪里?依旧是社会污浊,人生烦闷!'自然'只永远是无意识的,不必多说了。小孩子似乎很完满,只为他无知无识。然而难道他便永久是无知无识?便永久是无知无识,人生又岂能满足?世俗无可说,因此我便逗玄想,撇下人生,来赞美自然,讴歌孩子,一般是自欺自慰。世界上哪里是快乐光明?"她自己也曾说"我是一个盲者,看不见生命的道途","心头有说不出的虚空与寂静,心头有说不出的迷惘与胡涂"。② 因而,在冰心小诗跳动的音符里,时常可以听到"微带着忧愁"的旋律。

  另一方面,冰心作品中"微带着忧愁"的旋律与作者的审美趣味有直接关系,冰心爱唱忧郁的歌。因此,她并没有打算要在诗中回避从

---

  ① 冰心.繁星春水[M].北京:人民文学出版社,1998:121.
  ② 冰心.往事——以诗代序[M]//冰心.冰心论创作.上海:上海文艺出版社,1982:21.

内心深处涌现出来的忧伤情绪，相反的，她有时甚至欣赏、摩玩它，并且加以渲染诗化，使其成为弥漫于作品上空的艺术氛围，因而在她小诗闪闪发光的宝石之间，一层淡淡的愁雾总是萦绕不断，她所刻意追求的就是温婉忧郁的孤寂、孤傲。与她同时代的女作家苏雪林评述冰心能从"一朵云，一片石，一阵浪花的鸣咽，一声小鸟的娇啼，都能发现其中的妙理；甚至连一秒钟间所得于轨道边花石的印象也能变成这一段'神奇的文字'"。沈从文在《论冰心的创作》中也说："冰心的作品是以奇迹的模样出现的""冰心并没有费功于试探，她好象靠她那女性特具的敏锐感觉，催眠似的指导自我的径路，一寻便寻到了一块绿洲，这块绿洲也有蓊然如云的树木，有清莹澄澈的流泉，有美丽的歌鸟，有驯良可爱的小兽……，冰心便从从容容在那里建设她的诗的王国了。"①

冰心在那个大动荡的时代里，企图用"爱"温暖世界，但又不可能，于是当心中的风雨来了，只好躲进母亲的怀里，她的小诗"是弱者的低吟，是小资产阶级知识分子苦闷的表现，是现实痛苦的解脱，是寂寞之心的自我安慰"②。诗中的一种无可奈何之感，曾悄悄地拨动过许多人的心弦。当时有人写诗将冰心的小诗比作"燥热、荒凉的沙漠中"的"一泓未涸的甘泉"，同时也叹息"春水呵，你只把人生之谜揭穿，未给我向上奋斗的勇敢，如午夜寒风吹醒了迷梦的酣甜，张目只见四周茫茫的黑暗。"③这首诗的重要价值在于，使我们看到了冰心的小诗在当时得以流行的历史必然性，从而认识到一个时代总是需要不同风格流

---

① 范伯群.冰心研究资料[M].北京：北京出版社，1984：195.
② 刘福春.小诗试论[J].中国现代文学研究丛刊，1982(1)：223.
③ 鱼常.春水——读冰心女士的春水，心中有感，成此篇[J]//文学周报：第125期，1924年6月9日.

派的文学作品。正如秦牧所说:"她望着繁星,对着大海,赞美自然,爱慕善良,探索真理。在夜气如磐,大地沉沉的当时,她告诉人们要追求真善美,憎恨假恶丑",确实给人以新的慰安。

别林斯基曾这样论述普希金的诗:"他的诗的特征之一在于能够培养人的优美感情和人道的感情""他天性是一个充满着爱与同情的人,由于心灵的丰满,愿意向凡是他认为'人'的人伸出手去。"[①]冰心的小诗通过展示生活的美,给苦闷、寂寞、在黑暗中挣扎的人们以慰安,同时也调和着自己内心的矛盾。她带着自己的观察,带着自己的苦闷,思考着、探求着人生,她的诗,是时代之光的折射。

冰心小诗的创造性在于感受和传达生活美的独特性。闻一多先生说:"诗人的天赋是爱,爱他的祖国,爱他的人民"。创造世界,认识世界的美,构成了人类情感最基本的要素,而以反映人类情感生活为信仰的诗歌,它的基本核心就是美。诗歌是以美为灵魂的文学样式——赞颂美、描绘美、肯定美、传播美、发展美,冰心赞颂的美就是爱——母爱、童心、自然构成的"万全之爱"。她认为人类因为爱才创造了世界,世界也因为爱才变得美好。虽然这种愿望显得简单幼稚,但在当时确实慰安了无数颗寂寞痛苦的心。

冰心的小诗在内容上坚持的美学原则是歌颂"万全之爱",而当她的"爱的哲学"初步定型,又不时地处于现实和理想的矛盾境地中时,她的另一种"信仰"却先定型了,这就是"真"的文学观:"能表现自己的文学,就是'真'的文学……是创造性的、个性的、自然的……是充满了特别的感情和趣味的,是心灵里的笑语和泪珠……微笑也好,深愁也

---

① 别林斯基. 别林斯基论文学[M]. 梁真,译. 上海:新文艺出版社,1958:62.

好,洒洒落落自自然然的画在纸上。"为了达到"真"的文学的目的,她希望有个人绝对自由挥写的权利,而《繁星》《春水》式的小诗就是她认为最能发挥个性,表现自我的形式。

诗美,应该是诗人将生活典型化的结果,艾青在《诗论》中说:"在万象中,抛弃着,拣取着,拼凑着,选择与自己的情感与思想能揉和的,塑造形体。"冰心童年时在海边成长,青年时又远渡重洋去日本、美国求学,海与她结下了不解之缘,也成了她与自然、与世界、与人类沟通的渠道,也是她小诗中多次出现的形象:

"大海呵!
那一颗星没有光?
那一朵花没有香?
那一次我的思潮里
没有你波涛的清响?"

——《繁星·一三一》①

冰心曾这样勉励自己和弟弟们:"我希望做一个'海化'的青年",像海一样,"柔温而沉静""超越而威严""神秘而有容""虚怀而广博"②。海,在冰心的心中和笔下,成了一种完美的、崇高的性格和情操的化身。宗白华认为:"优美的诗中都含有音乐,含有图画。"③综观冰心的

---

① 冰心.繁星春水[M].北京:人民文学出版社,1998:41.
② 冰心.往事·十四[M]//新编冰心文集:第二卷.北京:商务印书馆,2008:285.
③ 宗白华.新诗略谈[M]//艺境.北京:北京大学出版社,1987:21.

小诗,总是跳跃着一种内在的节奏,显现着一幅幅美丽的图画,一如她所歌颂的自然一样,有静的山和水,也有动的风和浪:

"紫藤萝落在池上了。
花架下
长昼无人,
只有微风吹着叶儿响。"

——《春水·一一八》①

紫藤萝弯曲柔和的影子落在澄澈的池面上,轻风吹着叶儿沙沙响,多么静谧迷人!谁说无人?诗人分明站在不远处凝望着这一切。谁说无声?且不说风吹叶儿沙沙,诗人的心是宁静的么?她只不过是"欲语又停留",让看这一幅画的人自己去想罢了。诗中既有音乐,又有图画,动与静,真与美和谐地融为一体。

"感觉自然的呼吸,窥测自然的神秘,听自然的音调,观自然的图画。风声,水声,松声,潮声,都是诗歌的乐谱。花草的精神,水月的颜色,都是诗意、诗境的范本。"②冰心的小诗恰如其分地做到了这一点,她弹奏了自然的乐章,描画了自然的神采,达到了"美是和谐"的境界:

"诗人!
不要委屈了自然罢,

---

① 冰心.繁星春水[M].北京:人民文学出版社,1998:89.
② 宗白华.新诗略谈[M]//艺境.北京:北京大学出版社,1987:21.

第一章 现代诗歌语言在尝试中成型

'美'的图画,
要淡淡的描呵!"

——《春水·六》①

"南风吹了,
将春的微笑
从水国里带来了!"

——《春水·一一》②

"当我自己在黑暗幽远的道上
当心的慢慢走着,
我只倾听着自己的足音。"

——《春水·六八》③

的确,她只倾听自己的足音,但这足音却是时代生活在诗人心灵上的回响,虽然是微弱的,却是真实的,"真"的文学观使冰心"借'我'来传达一个时代的感情和愿望"。"真"又使冰心把握了自己内心的情感和自然的节奏,使她的小诗显示出天然音韵美。苏雪林认为冰心的诗可当梅特林克《青鸟》诗中的"玫瑰之乍醒,水之微笑,琥珀之露,破晓之青苍"之语,一方面说明冰心小诗是真情实感的流露,另一方面可见冰心小诗内在的天然韵味,并有着强烈的音乐感。

音乐是诗,诗是音乐,都是心灵的歌曲,带着作者自己的主观情感

---

① 冰心.繁星春水[M].北京:人民文学出版社,1998:58.
② 冰心.繁星春水[M].北京:人民文学出版社,1998:59—60.
③ 冰心.繁星春水[M].北京:人民文学出版社,1998:74.

和对世界的观察,因而诗像泉水,贵乎自然流淌。冰心的小诗贵在"真",从而也就获得了自然真切的美感。她的每一首诗,都宛如天空里的一颗星星,荷叶上的一滴露珠,晶莹纯净,富有诱人的艺术魅力。天然的神韵,很难把握,但一经把握,就会产生一种天然的美,冰心的小诗具备了这种神韵。

冰心小诗的语言实践,是真、善、美的和谐统一,有着自己独特的语言审美风貌。冰心,这位被五四浪潮推上文坛的女作家,不仅以她敏锐探索的"问题小说",清新纯净的优美散文装饰了当时"荒凉孤寂"的文艺花园,并且以她芙蓉出水般,秀韵天成的小诗语言,丰富了现代文学的"画廊",散发出淡淡的清香。

但她的小诗也有着内容、形式上的局限,她自己在诗中写道:

"我不会弹琴,
我只静默的听着;
我不会绘画,
我只沉寂的看着;
我不会表现万全的爱,
我只虔诚的祷告着。"

——《春水·九八》[①]

她在《我是怎样写〈繁星〉和〈春水〉的》一文中也承认:"正如周扬同志所说的,'新诗也有很大的缺点,最根本的缺点就是没有和劳动群

---

① 冰心.繁星春水[M].北京:人民文学出版社,1998:83.

第一章 现代诗歌语言在尝试中成型

众很好的结合。'也就是说当时的我,在轰轰烈烈的反帝反封建的伟大斗争时代,却只注意到描写身边琐事,个人的经历与感受,既没有表现劳动群众的情感与思想,也没有用劳动人民所喜爱熟悉的语言形式。"①因此造成了小诗阅读、欣赏与传播的局限性。

综上所述,我们可以看出,冰心的小诗以她独特的审美感受,温柔优美、清新细致的语言,在描绘理想的同时,也描绘了现实;在表现自己的同时,也表现了时代;在安慰自己的同时,也安慰了同时代人。这是小诗在五四退潮期得以流行的原因,也是小诗在新的历史时期渐渐衰落的理由。

---

① 冰心.冰心论创作[M].上海:上海文艺出版社,1982:59—60.

第五节 "穿过象征的森林"

20世纪20年代中期,第一个以现代派诗人姿态出现的是李金发。他是第一个象征派诗人,也是第一个现代派作家。他的《微雨》于1925年出版,随后1926年出版《为幸福而歌》,1927年出版《食客与凶年》,都是中国象征派新诗由萌芽走向成熟的标志。李金发一心想用"唯美主义"的药方,来构建他心目中的海市蜃楼,他主张艺术唯一的目的,就是创造美。李金发代表的象征派诗歌,从法国象征主义诗歌中吸取乳汁,"穿过象征的森林"[①],探求新诗传达中内在的隐藏性与意象美。周作人在把李金发的《微雨》推荐出版后不久,就从象征诗建设的角度,对新诗发展的道路问题,提出了自己的思考。他认为新诗的写法以"兴"最有意思,"用新名词来讲或可以说是象征"。他认为运用这种多少带点朦胧的方法写出来的诗,能给人一种"余味与回香","这是外国的新潮流",也是"中国的旧手法",如果能将两者融合,"真正的中国新诗"就可以产生了[②]。

中国现代主义文学的起点是象征主义诗歌。李金发的《微雨》模仿法国波德莱尔的作品,着意表现"对于生命欲挪揄的神秘及悲哀的

---

① 波德莱尔.恶之花 巴黎的忧郁[M].钱春绮,译.北京:人民文学出版社,1991:21.

② 周作人.周作人自编文集·谈龙集[M].石家庄:河北教育出版社,2002:41.

美丽"。如他的《夜之歌》：

我们散步在死草上，
悲愤纠缠在膝下。

粉红之记忆，
如道旁朽兽，发出奇臭。

遍布在小城里，
扰醒了无数甜睡。

我已破之心轮，
永转动在泥污下。

不可辨之辙迹，
惟温爱之影长印著。

噫吁！数千年如一日之月色，
终久明白我的想像，
任我在世界之一角，
你必把我的影儿倒映在无味之沙石上。

但这不变之反照，衬出屋后之深黑，

亦太机械而可笑了。

大神！起你的铁锚，
我烦厌诸生物之污气。

疾步之足音，
扰乱心琴之悠扬。

神奇之年岁，
我将食园中，香草而了之；

彼人已失其心，
在混杂在行商之背而远走。

大家辜负，
留下静寂之仇视。

任"海誓山盟"，
"溪桥人语"，

你总把灵魂儿，
遮住可怖之岩穴，

或一齐老死于沟壑，
如落魄之豪士。

但我们之躯体
既遍染硝矿。

枯老之池沼里，
终能得一休息之藏所？

1922年 Dijon[①]

  这首诗比较艰涩难懂。《夜之歌》中的"夜"，象征着黑暗、混乱与残缺。"死草""朽兽""泥污""深黑""沟壑"等意象共同构建了"夜"的世界。全诗意象丰富语言艰涩，呈现出一种陌生效果，一种古今杂糅的乱象，一种意象交错的混乱，一种意义的碰撞。诗人把世界分化解构了，以碎片的形式存在于诗中。《夜之歌》中的世界，是由意象的碎片组成的，这就注定了它的残缺与病态。诗人在诗中所呈现的内心世界，也是颓丧消沉、无助绝望的。我们只能隐约看到，有一个黑暗的世界，有一个在黑暗中挣扎的人，在黑暗中思考着自己的存在。

  对于诗歌阅读者而言，李金发这个名字是陌生的。这位原名李权兴的诗人，1976年病逝于美国。从1925年出版第一本诗集《微雨》开始，李金发和他的诗歌就不断面临误解、批评、争议。他在1949年移

---

① 中国现代文学馆.李金发代表作·异国情调[M].北京：华夏出版社，2008：26—27.

居美国,几乎不再有诗歌问世。在20世纪80年代的文艺思潮中,李金发的诗歌再度被研究者关注,作为"象征主义"诗歌的中国第一人,他不仅影响了同时期的"现代派"诗人,同时也影响着20世纪80年代的"朦胧诗"。多数人对李金发诗歌,第一反应都是"难懂"。除了现代汉语之外,还夹杂着大量的法语、德语、英语、意大利语,甚至还有日语、拉丁语和斯拉夫语。此外还有大量的文言文、生僻字、繁体字,让人如读天书一般。

李金发1900年生于广东梅州一个农村家庭,父亲和兄长在毛里求斯经商,家庭经济比较宽裕,可以培养一个读书人,他得以念完高中再去香港学习。在李金发杂糅的阅读经验里,有在旧式私塾学会的古诗词,有当时流行的"鸳鸯蝴蝶派"小说,同时也有一定的英文基础。1919年五四运动爆发,李金发到上海继续求学,加入赴法国勤工俭学队伍,到巴黎美术学院学习雕塑。比他晚几个月到达法国的,还有他的同乡、同学、画家林风眠。"金发"这个流传最广的笔名,源于一位金发女郎带他神游的梦境。

除了西洋雕塑以外,诗歌和音乐也吸引了李金发。他阅读了浪漫派、颓废派诗歌,特别是象征主义诗歌。19世纪末流行于法国巴黎的象征主义诗歌,以波德莱尔、魏尔仑、兰波等人为代表,对丑恶事物的揭露描写、朦胧的暗示以及语言的音乐性是其主要特征。李金发自己也承认"受鲍特莱(即波德莱尔)与魏尔仑的影响而作诗"[①]。

1923年在德国柏林游学的李金发,将创作的诗歌编成两部诗集《微雨》《食客与凶年》,寄给国内的周作人,得到周作人的称赞。1924

---

① 智量.比较文学三百篇[M].上海:上海文艺出版社,1990:504.

第一章　现代诗歌语言在尝试中成型

年又编写出《为幸福而歌》。1925年2月,《弃妇》发表于《语丝》杂志,当年11月,诗集《微雨》由周作人编辑出版。诗集广告称:"其体裁、风格、情调,都与现时流行的诗不同,是诗界中别开生面之作。"①

在《微雨》这本诗集中,第一首诗就是《弃妇》:"弃妇之隐忧堆积在动作上/夕阳之火不能把时间之烦闷/化成灰烬,从烟突里飞去/长染在游鸦之羽/将同栖止于海啸之石上,静听舟子之歌。"②文白夹杂的语言风格,给白话诗坛又一次冲击。

在白话诗被大力提倡的20世纪20年代,李金发并未受到国内"文学革命"的气氛感召,因此他虽然带来了新思潮,却无法融入时代的洪流中。自李金发登上诗坛之时,文学界批判他诗歌"难懂"的声音一直存在。亲力亲为创作《尝试集》的胡适,称李金发的诗歌为"笨谜"。梁实秋指责他"模仿一部分堕落的外国文学",左翼诗人蒲风批评他的诗"每篇都少不了几个'之'字"。1935年,朱自清在《中国新文学大系·诗歌·导言》中指出,李金发第一个把象征主义的文学手法带到中国:"他要表现的不是意思,而是感觉或情感;仿佛大大小小红红绿绿一串珠子,他却藏起那串儿,你得自己穿着瞧。这就是法国象征诗人的手法,李氏是第一个介绍它到中国诗里。许多人抱怨看不懂,许多人却在模仿着。"③他指出李金发的诗歌富于想象力,只是由于

---

① 王泽龙.中国新诗的艺术选择:王泽龙自选集[M].武汉:华中师范大学,2013:209.
② 李金发.中国现代诗歌名家名作原版库·微雨[M].北京:中国文联出版公司,2009:1.
③ 中国作家协会诗刊社编.中国新诗百年志·理论卷:上卷[M].北京:中国工人出版社,2017:140.

创造了新语言,因此造成了阅读障碍。

比如李金发的《有感》:"如残叶溅血在我们脚上/生命便是死神唇边的笑。"红叶残存的生命,就像人的血管一样,象征生与死唇齿相依。死神唇边的"笑"体现的那种短暂、诡异、恐怖的"美感",在这首诗中得到了极致的表现。如果说短暂、诡异、恐怖是李金发对生命的阐释,那么这种"笑"的"美感"则可以理解为在死神的威胁之下,诗人和人类对短暂生命的终极追求。虽然这种追求是短暂的、恐怖的,同时也是享乐的、唯美的。他用象征主义的语言,表达了复杂而微妙的生命感受。1941年以后,李金发不再发表诗歌,其实在出版《为幸福而歌》后,李金发作为象征主义诗人的生涯基本就结束了。

李金发的诗因为晦涩难懂,历来遭到很多人的诟病。但是如果历史地看待李金发的象征主义诗歌,我们不难发现李金发当时在法国留学,有助于他超越五四时期的文学观念,使充满异国情调的诗歌听起来"是个遥远的声音",虽然他的诗在国内发表的时候,这个"遥远的声音"显得特别的刺耳,但是正面的意义在于,"李金发所实践的二度解放,至少曾暂时把中国的现代诗,从对自然与社会耿耿于怀的关注中解放出来,导向大胆、新鲜而反传统的美学境界的可能性。正如欧洲的现代主义一样,它可说是反叛庸俗现状的艺术性声明"①。

卞之琳也对李金发的诗做过评论,说他对法语和母语都缺少修养,《微雨》中译魏尔伦的一首短诗出现了"惊人谬误",证明李金发"竟连原诗的表层意思都不懂""译得牛头马嘴,结果不知所云"。说他写诗也好不了多少,"近乎痴人说梦"。卞之琳认为波德莱尔的著名十四

---

① 周良沛.李金发诗选[M].武汉:长江文艺出版社,2003:45.

行诗《应和》以形象语言发挥"交感"或"通感"的意思,被文学批评家认为是象征派诗宪章,仿此而言,李金发作诗、译诗恰成了一种"错乱"。可是即便如此,卞之琳也不得不承认李金发诗歌的实践意义,他的"错乱","他这样跌跌撞撞引起的小波澜,却多少碰动了一点英美19世纪浪漫派诗及其余绪影响当时中国新诗的垄断局面"。

李金发的诗确实有一种惊世骇俗的效果,这得益于他在诗中有意识地追求某种"震荡"——"那种通常由不合语法的词组与奇特的想象堆砌而成的震荡"。"李金发将波德莱尔和魏尔伦作品翻译并改编入自己的作品,尽管出现了许多大大小小的错误,但他富有朝气的实验偶尔也能产生一些奇异而强有力的轰动。"①

我们平心而论,李金发诗歌的意义也并非只在于所谓"效果",也并非如他自己宣称的那样,除了一串无需解说的零落意象和象征之外,没有涵蕴任何意义。李金发说自己的诗是"个人灵感的记录",是与"冷酷的""理性"相对立的,倒是诚实不欺。虽然大多数人对诗的阐释,比起诗人的表达不免相形见绌,但只要存在阐释的可能性,只要诗本身是可以被感受的,就证明诗的意义蕴含在其中。比如《微雨》集首的《弃妇》:"夕阳之火不能把时间之烦闷/化成灰烬"就具有强烈的表现力。时间、夕阳和灰烬联在一起的触目意象,是"作诗如作文"的大白话所不可比拟的。

李金发的诗虽然读起来比较吃力,但所表达的"现代性"却是突出鲜明的。即使我们无法逐字逐句地进行解释,但其中传达出的现代感受不可能视而不见。李金发诗歌理解上的困难,除了诗人自身存在的

---

① 张新颖.春酒园蔬集[M].济南:山东友谊出版社,2007:46.

语言表达方面的问题，还在于现代人对现代经验的感受与理解的不同。对于诗人来说，通过语言去捕捉正在经历着的、正在生成中的感受并非易事，而对于并非如诗人一样经历着、生成着同样感受的读者来说，诗人的感受本身就包含着与读者理解的异质性，也许还经过了诗人并不准确的语言转换。

李金发的诗中，常常有醉生梦死的冲动，同时也是极其清醒的冲动。"我不欲再事祈祷，多情之上帝全聋废了"(《生之疲乏》)。在人生的苦难与死亡面前，没有什么值得去祈祷去追求，更没有多情的上帝给人以援手。李金发的诗是"心灵失路之叫喊"，传达的是"生之疲乏"与"烦闷"。对于死亡的奇特想象，以及生命笼罩在死亡阴影下的神秘、恐怖与残酷，李金发做了陌生化处理，使读者在猛然间受到现代感受的撞击。

国内关于李金发诗歌的阅读与研究大约开始于 20 世纪 80 年代。1981 年 9 月，北京大学教授孙玉石在中文系，开设了"李金发与初期象征派诗研究"课程，可以说是开了李金发诗歌研究的先河。1985 年左右，四川大学教授陈厚诚在研究"二十世纪中国文学与西方现代主义思潮"课题时，也感到李金发在中国新诗历史中是一个绕不开的诗人。1995 年，陈厚诚撰写的李金发传记《死神唇边的笑——李金发传》出版，至今仍然是研究李金发生平和作品的最详尽的资料之一。1990 年，孙玉石在《中国现代诗导读（1917—1938）》一书中，使用一个章节的篇幅鉴赏了李金发的《弃妇》，认为李金发弥补了新诗诞生之初"意象的新颖与繁复之缺乏"的缺陷。此外，北京大学教授谢冕在 1993 年出版的《新世纪的太阳——二十世纪中国诗潮》一书中提出，李金发更为突出的贡献是,公开、勇敢地把西方情调和异域的艺术方式引进到刚刚自立的中国新诗中来。

朱自清在《中国新文学大系·诗集·导言》中对其评曰:"他的诗没有寻常的章法……他要表现的不是意思而是感觉或情感……他的诗不缺乏想象力,但不知是创造新语言的心太切,还是母语太生疏,句法过分欧化,叫人像读着翻译;又夹杂着些文言里的叹词语助词,更加不像——虽然也可以说是自由诗体制。"①象征派诗歌的局限在于,诗歌的想象跨度比较大,超越了常人的思维习惯,所以显得曲高和寡。因为语言的逻辑性、连续性被破坏了,所以超越了常人的语言规范与习惯,如同一些散乱珠子,可以创造美,也可以损伤美。

---

① 朱自清.中国新文学大系·诗集[M].上海:上海良友图书印刷公司,1935:7—8.

第六节　对于"纯诗"的艺术追求

如果说李金发的主要贡献是他对象征派诗歌的创作实践,那么,真正在理论上进行探讨的是王独清和穆木天。他们是初期象征派诗歌理论的奠基者。与李金发相比,王独清具有更多诗人气质和浪子情怀。他在《再谭诗》中说:"我很想学法国象征派诗人,把'色'(Couleur)与'音'(Musique)放在文字中,使语言完全受我们底操纵。"①与王独清同为创造社后起之秀的穆木天,在《谭诗》中抨击胡适"有什么话,说什么话"的诗歌语言观,认为胡适"给散文穿上了韵文的衣裳",是中国新诗运动最大的罪人。朱自清在《新文学大系·诗集·导言》中认为,穆木天"托情于幽微远渺之中,音节也颇求整齐,都不致力于表现色彩感"②的诗歌语言,很具有现代性意味。

王独清与穆木天的理论核心是:划清诗与散文的分界,建设理想中的"纯粹诗歌",反对胡适提出的"作诗如作文"的主张。胡适在新诗的革命与建设初期,虽然有着不可磨灭的贡献,然而他的"非诗化"的理论,忽略了诗歌的本质特性,模糊了诗与散文的界限,削弱了诗歌的审美功能。

---

① 王独清.再谭诗——寄木天、伯奇[M]//杨匡汉,刘福春,编.中国现代诗论:上编.广州:花城出版社,1985:103.
② 朱自清.中国新文学大系·诗集[M].上海:上海良友图书印刷公司,1935:8.

第一章 现代诗歌语言在尝试中成型

王独清、穆木天提倡的，象征派诗歌创作原则，可以归结为以下几点：首先认为诗是诗人内在生命的象征。在诗的世界里必须有"诗人的素质"和"纯粹诗歌的感觉"。第二提倡诗的暗示性，而反对过分说明。穆木天认为，诗的世界是潜在意识的世界，诗要有大的暗示能，诗在平常生活的深处，诗要暗示出人的内生命的深秘。第三提倡情绪的流动性、统一性。就是诗要能够表现情绪的持续感、流动感，能够完整地、准确地传达诗人深层的、内在的情绪。第四提倡以西方象征主义诗人的艺术追求，来规范中国现代诗歌的语言创造，认为诗的语言要精致、要纯粹，诗的形式要兼具造型美、音乐美[①]。

他们在理论和艺术上的探索，大概有这样几个方面：首先是意象本体的象征性。即法国象征派诗人马拉美所说的"选择某物并从中抽取'情绪'"和 T.S. 艾略特所说的感情的"客观对应物"。黑格尔认为这种特有的象征意象具有"暧昧性"。比如李金发的《弃妇》是他的第一首象征诗，"弃妇"是总体象征，象征了命运的不幸。其他很多意象，比如"鲜血""枯骨""蚊虫""狂风"等都是分体象征，表现弃妇的痛苦、孤独与绝望。

其次是情绪传达的暗示性。象征主义诗歌将神秘与朦胧作为审美标准。这种审美原则的实现很大程度上依赖比喻。因此比喻的运用，几乎是象征诗人的生命。波德莱尔也说过："在世界之初，想象力创造了比拟和比喻。"[②]比如李金发的《有感》："如残叶溅血在我们脚

---

① 穆木天. 谭诗——寄郭沫若的一封信[M]//杨匡汉,刘福春,编. 中国现代诗论：上编. 广州：花城出版社,1985:95—101.
② 波德莱尔. 一八五九年的沙龙[M]//伍蠡甫,主编. 西方文论选：下卷. 上海：上海译文出版社,1979:232.

上,生命便是死神唇边的笑。"①就运用了双重比喻,说明生与死只在咫尺之间。这种感觉只能意会很难言传,所以供人想象的空间很大,有一种超越读者的审美期待。朱自清说:"他要表现的是'对于生命欲揶揄的神秘及悲哀的美丽'。讲究用比喻,有'诗怪'之称。"②

第三是语言叙述的新奇性。也可以说是语言的陌生化。瓦雷里说过这样一句精辟的话:"诗是一种语言的语言。"即诗的语言,可以用有限的文字传达出无限的意味。要达到这种艺术效果,通常使用"通感法"与"省略法"。"通感法"就是运用语言,将形、声、色、味打通、交错,从而产生一种新奇效果。波德莱尔有一首著名的诗《契合》:"有些芳香如新鲜的孩肌,宛转如清笛,青绿如草地。"③就是把味觉化为了触觉、听觉和视觉。比如冯乃超的《酒歌》:"啊——酒/青色的酒/青色的愁/盈盈地满盅/烧烂我心胸。"④还有他的《残烛》:"焰光的背后有朦胧的情爱/焰光的核心有青色的悲哀。"⑤也是如此。

所谓"省略法",就是尽量减少诗句中的关联词、修饰词,使诗句言简义丰。李金发的《题自写像》:"热如皎日,灰白如新月在云里。我有革履,仅能走世界之一角。生羽么,太多事了呵!"⑥他在诗的第一节写

---

① 张新颖.中国新诗 1916—2000[M].上海:复旦大学出版社,2011:48.
② 朱自清.中国新文学大系·诗集[M].上海:上海良友图书印刷公司,1935:7.
③ 波德莱尔.契合[M]//一切的峰顶.梁宗岱,译.上海:上海时代图书公司,1936:33—34.
④ 中国社会科学院文学研究所现代文学研究室.中国现代经典诗库:第三卷[M].太原:北岳文艺出版社,1994:263.
⑤ 中国社会科学院文学研究所现代文学研究室.中国现代经典诗库:第三卷[M].太原:北岳文艺出版社,1994:266.
⑥ 中国现代文学馆.李金发代表作·异国情调[M].北京:华夏出版社,2008:22.

了"我没有走遍世界的野心,我很渺小",在诗的第二节写了"我没有永世不死的渴求,我没有力大无穷的奢望",所以这里的省略,读者不会看不懂,也不会发生歧义。

综上所述,我们可以看出,胡适等人的初期白话诗,郭沫若的浪漫自由诗,冰心等人的小诗创作,共同开拓了五四新诗最初的"航道"。李金发长于创作而弱于理论思考,王独清、穆木天等人,接受了西方象征主义思潮,进行了新诗观念的反思,探索了新诗的审美原则。但是这些思考与探索,还带着浓厚的引进色彩,缺少与自身的审美融合。真正把中国传统诗歌理论与西方现代诗歌理论融合起来进行探讨的,是新月诗派的领军人物闻一多。

第二章
现代诗歌语言皈依"格律"

五四新诗之所以"新",就在于它不是以传统的文言,而是用现代的白话写诗,以"现代"的语言表现"现代"的事物。但是以白话口语写诗,需要一定的格律限制,即接受一定的"诗性规范"。闻一多学贯中西、打通古今,具有深厚的学术素养,娴熟的语言技巧,严谨的创作态度,使他的"新格律诗"理论与创作日益臻于成熟。从某种意义上来说,闻一多的诗歌理论,指明了现代诗歌发展的方向,他的诗歌创作,树立了现代诗歌语言的样板。

闻一多在他的"三美"理论中,强调中国现代诗歌,应该具备音乐的美、绘画的美和建筑的美,而这些美都必须通过语言来营造、来实现。闻一多认为,诗歌语言是用韵律规范了的语言。它源于口语,又高于口语。是一种有意味、有美感的语言。他的"新格律诗"理论与实践,是对早期白话诗"非诗化"现象的反拨。

闻一多代表的新格律诗派,吸取了英美浪漫主义诗歌的营养,构建了新诗传达感情的外在形式美。"新格律诗"理论的建立,无论在中国现代诗歌理论史上,还是在中国现代诗歌创作史上,都具有十分重

第二章 现代诗歌语言皈依"格律"

要的意义。一方面,它从理论和创作两个角度,为新诗的发展指明了道路;另一方面,它奠定了中国现代诗歌理论探索的主要格局,深刻制约与影响着中国现代诗学的建设路径;同时,也暴露了中国现代诗歌理论在探索与研究中的某些误区与缺失。

第一节 "新格律诗"理论的贡献

回顾中国现代新诗发展的历程,我们发现在新诗解放和草创期,以胡适为代表的初期白话诗人,强调的是对诗歌语言形式的变革,并非是对诗歌艺术本质的思考。作为新旧过渡期的诗人,他们在理论和创作上存在着诸多矛盾:既想打破一切格律形式,又认为不能没有格律形式;既执着地创造新诗体,试验新音节,又缺乏统一的认识和理论建构。

1917年,胡适在他的《尝试集》自序中,提出了这样的观点:"诗体的大解放,就是把从前一切束缚自由的枷锁镣铐,一切打破:有什么话,说什么话;话怎么说,就怎么说。这样方才可有真正白话诗,方才可以表现白话的文学可能性。"[①]他强调的是"破格"与"尝试",即"旧体诗的破坏"和"诗体的大解放"。1919年,他在《谈新诗》中强调:"语气的自然节奏""用字的自然和谐",从而达到"自然的音节",开始意识到新诗的音节问题。

1918年,刘半农在《诗与小说精神上的革新》中强调"作诗本意,只须将思想中最真的一点,用自然的音响节奏写将出来便算了事,便算极好"。随后他又在《我之文学改良观》中提出"重造新韵""增多诗体"

---

① 胡适.《尝试集》自序[M]//胡适文集:第3卷.北京:人民文学出版社,1998:127.

第二章 现代诗歌语言皈依"格律"

的主张,开始关注新诗的韵律和诗体问题。

1920年,俞平伯在他的《〈冬夜〉自序》中,做出了这样的陈述:"我只愿随随便便的,活活泼泼的,借当代的语言,去表现出自我,在人类中间的我,为爱而活着的我。至于表现出的,是有韵的或无韵的诗,是因袭的或创造的诗。即至于是诗不是诗;这都和我底本意无关,我以为如要顾念到这些问题,就可根本上无意于做诗,且亦无所谓诗了。"[①]表现出他在理论和创作上的迷惘。

与此同时,早期浪漫主义诗歌崛起,郭沫若在追求"形式自由"的同时,反复强调"诗的创造贵在自然流露","我想我们的诗只要是我们心中的诗意诗境之纯真的表现,生命源泉中流出来的Strain,心琴上弹出来的Melody,生之颤动,灵的喊叫,那便是真诗,好诗。"[②]我们可以看出,郭沫若的诗学理念,无论是内容形式上,还是气质风格上,都有点毫无节制。

由此可见,新诗诞生之初,就处在理论的迷惘与创作的冲动之中。绝大多数新诗创作,都存在着追求白话入诗而不尚锤炼;追求自由成章而不遵格律;追求自然音节而不拘音韵的倾向,为新诗的发展带来了危机。

当时一些有识之士,比如梁实秋与梁宗岱等人,都看到了新诗存在的理论误区与创作弊端。梁实秋认为:"自白话入诗以来,诗人大半走错了路,只顾白话之为白话,遂忘了诗之所以为诗,收入了白话,放

---

① 俞平伯.《冬夜》自序[M]//孙玉蓉,编.俞平伯研究资料.天津:天津人民出版社,1986:125.
② 郭沫若.致宗白华[M]//杨匡汉,刘福春.中国现代诗论.广州:花城出版社,1985:54.

走了诗魂。"①梁宗岱更是严加批评:"所谓'有什么话说什么话',——不仅是反旧诗的,简直是反诗的;不仅是对于旧诗和旧诗体底流弊之洗刷和革除,简直是把一切纯粹永久的诗底真元全盘误解和抹杀了。"②

20世纪20年代初期,注意吸收先驱者成果,进行新诗理论探索与创作尝试的是"少年中国"之群。宗白华、郑伯奇、田汉、康白情、周无等人,不仅在《少年中国》上发表了150多首新诗,还出版过两期"诗学研究专号",开始了对新诗内容与形式的理论探索,标志着新诗进入了建设与发展期。

宗白华认为诗歌是:"用一种美的文字……音律的绘画的文字……表写人底情绪中的意境。"③他把诗的内容分为"形"与"质"两部分,"形"即"诗中的音节和词句的构造","质"即"诗人的感想情绪"。在谈到诗"形"时,宗白华又特别强调音乐美和绘画美:"诗的形式的凭借是文字。而文字能具有两种作用:(一)音乐的作用,文字中可以听出音乐式的节奏与协和。(二)绘画的作用,文字中可以表写出空间的形相与彩色。所以优美的诗中都含有音乐,含有绘画。"④他把"完满诗底艺术"和"完满诗人人格"看得同等重要,强调内容与形式的统一。这些真知灼见都直接启示着闻一多"三美理论"的诞生。

---

① 梁实秋.读《诗底进化的还原论》[M]//唐金海,陈子善,张晓云.新文学里程碑·评论卷.上海:文汇出版社,1997:243.
② 梁宗岱.诗与真二集·新诗的纷歧路口[M].北京:外国文学出版社,1984:1984:167—168.
③ 宗白华.新诗略谈[M]//艺境.北京:北京大学出版社,1987:20.
④ 宗白华.新诗略谈[M]//艺境.北京:北京大学出版社,1987:20—21.

第二章 现代诗歌语言皈依"格律"

在新诗解放和草创期,当诗人们沉浸在新诗的热潮和创作的激情里,只管写诗而很少思考如何写诗的时候,闻一多始终保持着冷静。他一边写诗,一边写诗歌评论,他对现代诗歌理论的探索与思考,集中在他的几篇诗歌评论里。

他的早期诗歌理论,可以概括为以下几个方面:

首先,强调选择与提炼:"选择是创造艺术的程序中最要紧的一层手续,自然的不都是美的;美不是现成的。"①

其次,强调吸收与继承:在域外诗学的冲击下,郭沫若并不拒绝吸收其营养;而在中国诗歌的转型期,他又强调对传统诗歌的传承。"它不要作纯粹的本地诗,但还要保存本地的色彩,它不要做纯粹的外洋诗,但又尽量的吸收外洋诗的长处;他要做中西艺术结婚后产生的宁馨儿。"②

第三,强调音节与文字:"我们若根本地不承认带词曲气味的音节为美,我们只有两条路可走:甘心作坏诗——没有音节的诗,或用别国的文字作诗。"③"在诗的艺术,我们所用以解决这个问题的工具是文字……诗人应该感谢文字,因为文字作了他的'用力的焦点'……。"④

第四,强调幻想与情感:"诗的真精神其实不在音节上。""幻想、情感——诗的其余的两个更重要的质素,……因为他们是不可思议同佛

---

① 闻一多.《女神》之地方色彩[M]//闻一多全集:第三册.北京:三联书店,1982:363.
② 闻一多.《女神》之地方色彩[M]//闻一多全集:第三册.北京:三联书店,1982:361.
③ 闻一多.《冬夜》评论[M]//闻一多全集:第三册.北京:三联书店,1982:309.
④ 闻一多.《冬夜》评论[M]//闻一多全集:第三册.北京:三联书店,321—322.

法一般的。"①

这几个方面,几乎涵盖了当时新诗理论与创作存在的主要问题。在这样的背景下,新诗理论的探索与研究成为诗人们的当务之急。

1923年5月,成仿吾在《创造周报》发表了《诗之防御战》,强调"诗的本质是想象,诗的现形是音乐",提出了"诗是什么"的问题。同年7月,陆志韦出版诗集《渡河》,他在序言中强调,新诗要像希腊人"美的灵魂藏在美的躯壳里"一样,去构造新形式。他认为"节奏千万不可少""押韵不是可怕的罪恶",提出"有节奏的天籁才算是诗",应该"舍平仄而采抑扬""诗应切近语言,不就是语言"。陆志韦是第一个有意创制新格律的诗人,被朱自清称为"他实在是徐志摩氏等新格律运动的前驱"。

闻一多的"新格律诗"理论,试图从音乐、绘画、建筑等几个方面,对新诗的创作进行规范与匡正。1926年,闻一多在《晨报·诗镌》上发表了《诗的格律》一文。他在文中系统论述了"诗的实力不独包括音乐的美(音节)、绘画的美(词藻),并且还有建筑的美(节的匀称和句的均齐)。"②闻一多认为格律可以从两个方面来理解:"(一)属于视觉方面的,(二)属于听觉方面的。这两类其实又当分开来讲,因为它们是息息相关的。譬如属于视觉方面的格律有节的匀称,有句的均齐。属于听觉方面的格式,有音尺,有平仄,有韵脚;但是没有格式,也就没有节的匀称,没有音尺,也就没有句的均齐。"③应该说这段话,大致已经涵

---

① 闻一多.《冬夜》评论[M]//闻一多全集:第三册.北京:三联书店,1982:327.
② 闻一多.诗的格律[M]//闻一多全集:第三册.北京:三联书店,1982:415.
③ 闻一多.诗的格律[M]//闻一多全集:第三册.北京:三联书店,1982:414.

盖了"新格律诗"主要的内容:即由听觉方面的格律造成诗的"音乐的美",由词藻方面的努力造成诗的"绘画的美",由视觉方面的格律造成诗的"建筑的美",形成了他著名的"新格律诗"理论。

"音乐的美",是闻一多最为推崇的美学要素。他声称"诗的所以能激发情感,完全在它的节奏;节奏便是格律。……越有魄力的作家,越是要戴着脚镣跳舞才跳得痛快,跳得好。只有不会跳舞的才怪脚镣碍事,只有不会做诗的才感觉得到格律的缚束。对于不会作诗的,格律是表现的障碍物;对于一个作家,格律便成了表现的利器。"①"因为世上只有节奏比较简单的散文,决不能有没有节奏的诗。本来诗一向就没有脱离过格律或节奏。"②他还认为"整齐的字句是调和的音节必然产生出来的现象,绝对的调和音节,字句必定整齐"。但是闻一多同时发现,一旦字数上整齐了,音节又不一定调和了:"那是因为只有字数的整齐,没有顾到音尺的整齐"③。只有音尺韵脚等因素完美组合,才能形成诗的韵律节奏,而音节和韵脚的和谐,才能形成诗的音乐美。

闻一多认为"绘画的美",是指词藻的美。即诗歌的语言美丽如画,富有色彩感。在闻一多的诗作中,经常出现表现色彩的词,带有色彩的意象,注重色彩的对比,增加诗的视觉性和直观性。

在"三美"理论中,闻一多同时也强调"建筑的美":"因为我们的文字是象形的,我们中国人鉴赏文艺的时候,至少有一半的印象是要靠眼睛来传达的。原来文学本是占时间又占空间的一种艺术。既然占

---

① 闻一多.诗的格律[M]//闻一多全集:第三册.北京:三联书店,1982:413.
② 闻一多.诗的格律[M]//闻一多全集:第三册.北京:三联书店,1982:414.
③ 闻一多.诗的格律[M]//闻一多全集:第三册.北京:三联书店,1982:418.

了空间,却又不能在视觉上引起一种具体的印象——这是欧洲文字的一个缺憾。我们的文字有了引起这种印象的可能,如果我们不去利用它,真是可惜了……如果有人要问新诗的特点是什么,我们应该回答他:增加了一种建筑美的可能性是新诗的特点之一。"① 他认为现代诗歌与古典诗歌的不同之处是:第一,"新诗的格式是相体裁衣";第二,"新诗的格式是根据内容的精神制造成的";第三,"新诗的格式可以由我们自己的意匠来随时构造"。② 总而言之,新诗的节与节要匀称,行与行要均齐,从而使之具有均衡的"建筑的美"。

闻一多"新格律诗"理论的主要贡献是:他将自己的诗学积淀和美学思考融进了《诗的格律》,对新诗格律的探索形成了较为完整的理论体系,使之成为中国现代诗学界极其重要的理论文献。既标志着中国现代诗学界进入了对新诗理论的自觉探索与建设,也标志着中国新诗创作进入了一个既追求时代内容,又追求艺术形式的新时期。

---

① 闻一多.诗的格律[M]//闻一多全集:第三册.北京:三联书店,1982:415.
② 闻一多.诗的格律[M]//闻一多全集:第三册.北京:三联书店,1982:416.

第二章 现代诗歌语言皈依"格律"

第二节 "新格律诗"理论的局限

从以上的论述中,我们可以看出在新诗发展的关键时期,闻一多发现了理论与创作上的危机,并且试图构建自己的"新格律诗"理论。但是我们不难发现,在他之前就有很多有识之士,比如宗白华等人也看到了这种危机,并且作出了理论上的呼吁和创作上的努力,闻一多的"新格律诗"理论只不过是前人理论与创作的总结。从白话诗的"砸烂镣铐",到"新格律诗"的"戴着镣铐跳舞",还是一种点线思维,并没有发生本质的改变。他的"新格律诗"理论,有些过于强调形式因素,也有落入旧诗巢穴的危险。由此可见,中国现代诗歌理论在诞生与建设阶段,只不过是从一个点跳跃到另一个点,注重的是形式的改变,而不是本质的超越。

中国新诗的理论与创作之所以出现这样的局面,之所以没有产生真正意义上的现代诗歌理论,究其原因大概有两点:一方面,中国古典诗歌源远流长,有着成熟严谨的审美模式和审美意趣。现代诗歌对于古典诗歌,如果试图从内容和形式上彻底打破与新建,既不容易也不可能。因为任何传统文化与文学,都有它自身的传承性。另一方面,虽然当时很多诗人和理论家,已经自觉地从域外诗歌中吸取养分,但是东西方文化毕竟缺少必然的传承性,无论是诗歌的内容形式,还是诗学理论,都难以找到最佳的融合路径。因此,面对古典诗歌的高不可攀,面对域外诗歌的遥不可及,中国现代诗歌理论的诞生、建设与发展,都显得举步维艰。

闻一多"新格律诗"理论产生的背景,是对"新诗究竟向何处去"的心灵焦虑,也是对古典诗歌的无法割舍,对域外诗歌的无法拒绝。他试图在这三者之间寻找到某个契合点,试图以古典诗歌的"格律",以域外诗歌的"音尺",来建立新诗的格律系统。但他的诗歌理论探索,仅仅停留在诗歌的形式上,连最基本的内容与形式的关系问题,都没有进入其理论视野,这不能不说是一种局限。

同时我们可以发现,闻一多的"三美理论",在语言论述方面,也存在一些问题:"除了对诗歌绘画的美语焉不详而外,最大的疑问是有关新诗建筑美的解释。按照闻氏自己的见解,在每一诗行之中,音尺排列的次序是不规则的,但是每行必须还他两个'三字尺'两个'两字尺'的总数。这样写来,音节一定铿锵,同时字数也整齐了。因此说来,这种音尺对称理论必然会导致'麻将牌式'或者'豆腐干式'的产生。因而他关于新诗体具有'层出不穷'的建筑美的设想,真正施展起来恐怕也就有限。"①

综上所述,可以发现,作为闻一多"新格律诗"理论最重要成果的《诗的格律》,首先忽视了内容和形式的完美统一;而他的"三美理论",又出现了形式大于内容的弊端。从而使中国现代诗歌理论,失去了探索最具有表现力的形式的最佳时机。

如果说,闻一多的"新格律诗"理论,是试图摆脱早期白话诗,只注重语言的变革,而造成的内容的空虚和诗味的缺失,也试图扭转早期

---

① 胡博.新月派前期的"文学梦"[J].中国现代文学研究,2004(2):80.

第二章 现代诗歌语言皈依"格律"

浪漫主义诗歌只注重主观表现的偏颇的话,那么,他的《诗的格律》与"三美理论",又让新诗过于强调了形式因素。

因此,我们可以看出,闻一多的"新格律诗"理论,无论是对新诗理论的提倡,还是对新诗创作的指导,都不能涵盖新诗理论探索的所有指向与思考。无论是诗体的解放,还是诗体的变革,都必然涉及到理念变化、本质追求、表达方式、思维方式、诗歌语言等多方面的内容。他的"新格律诗"理论,显然都没有能解决这些问题。

当我们重新审视闻一多的"新格律诗"理论时,我们不难发现在这一理论体系中,体现着新诗在面临调整、转型与定格时,必然出现的种种矛盾、张力甚至悖论。我们也不难发现在这一理论体系中,还存在着很多文本缝隙和思维漏洞,在形式与内容、传统与现代、群体与个体的表达区间里,都给我们留下了耐人寻味的思考空间。

第三节 "新格律诗"理论的空间

闻一多《诗的格律》的发表,虽然标志着新诗正在寻求理论的提升,但它并没有能够实现质的飞跃。因为它并没有能解决诸如:新诗的内容与形式如何完美统一,现代语言对现代诗歌创作的影响与制约,现代诗学对传统诗学、域外诗学的借鉴取舍、整合创新等等问题。

闻一多的"新格律诗"理论,忽略了现代语言对新诗发展的制约作用,忽略了新诗语言的探讨对新诗形式研究的重要性,从而使他关于新诗理论的探索,没有达到预期的高度、广度与深度。比如他的"三美理论":音乐的美,绘画的美,建筑的美,都不能构成诗歌的自足条件。

"三美理论"首先强调的是"音乐的美"。即音节、节奏、韵律的和谐,形成诗歌的音乐美感。也就是说诗人必须通过诗歌语言的选择运用,去实现诗歌的音乐美感。达维德·方丹曾经这样描述诗歌的语言:"为使自己成为一体,诗歌语言应是一段重新组合起来的词的交响乐,是一个由恰当的比喻组成的符号体系,是在语言的启发下融进洪亮高亢的乐队里的一段音质清晰而易懂的音乐。"[①]说明诗歌语言的选择运用,直接影响着诗歌的音乐美感。

"音尺说"是闻一多最为得意的发现,他称新诗的节奏单位为"音

---

① 达维德·方丹. 诗学——文学形式通论[M]. 陈静,译. 天津:天津人民出版社,2003:86.

第二章 现代诗歌语言皈依"格律"

尺",他在《律诗底研究》中认为,"逗"在古代诗歌中最为重要,"大概音尺在诗中当为逗。""合逗而成句,犹合尺而成行也。"可见,"音尺"即我国古诗的"逗",新诗的"顿"。比如他的《你莫怨我》:"你莫怨我!/这原来不算什么/人生是萍水相逢/让它萍水样错过/你莫怨我!"①全诗共五节,每节的一、五两句,是四言两个音尺,每节的二、三、四句,是七言三个音尺。每节的诗行,排列成椭圆形,"你莫怨我",重复安置在椭圆的两端,突出了思维的焦点。中间三行构成椭圆的主体,具体诉说"你莫怨我"的内容,张力向两端发散。但是,过分注重形式的美观,试图用形式的重叠,加强视觉的厚重,遮盖内容的单薄,不能不说是一种遗憾。

"绘画的美"是指"词藻的美",即用富于色彩的美丽的语言,去描摹现实世界,反映人的精神世界,理解与实践起来都不是很困难。但是实践"建筑的美"就相对比较困难。因为这个要求与新诗依赖的现代汉语体系,以及新诗所反映的现代人的现代生活情态,都存在着许多不可避免的矛盾。"建筑的美"是古典诗歌的突出标志,平仄、押韵、字数、行数的严格限制,并不影响古代诗人的情感表达。因为古代汉语词汇,基本上是单音节词,古典诗歌的词语构造,主要也是单音节词,一般情况下不使用虚词,这些都保证了古典诗歌建行的齐整与格律的谨严。

然而,现代汉语词汇多为双音节词,同时还保存着很多单音节词。而双音节与单音节词,有些是有实在意义的实词,有些是无实在意义的虚词。因此,现代诗歌的诗句构成,就与古典诗歌的词语构造存在

---

① 闻一多.你莫怨我[M]//闻一多全集.第三册.北京:三联书店,1982:176—177.

差异。现代诗歌的词句特点就是：双音节与单音节词的组合，实词与虚词的相互搭配。现代诗人们在具体的创作中，很难做到"节的匀称与句的均齐"。因为现代诗歌是以现代人的生活场景与情态作为创作背景和文化语境的，现代诗歌反映的是现代人的生命体验与情感际遇，以及现代生活的动荡与忙乱，现代人情绪的躁动与起伏。因此，参差不齐的诗行，错落有致的词句，更适于表达现代人的精神情感世界，而"节的匀称与句的均齐"，与现代人的生活不协调，与现代人的情绪也不吻合。所以，在这种现代情形下，要求诗歌达到"建筑之美"，是忽略了内容和形式的统一。

　　诗歌，归根结底是语言的艺术。诗歌语言，才是诗歌内容的表现和形式的支点。因为语言的存在，诗歌才得以存在。无论是音乐的美，绘画的美，还是建筑的美，都是依靠语言来呈现，来涂抹，来建立，来完成的。诗歌语言的魅力和张力，才是诗人追求的终极目标。因此，对新诗语言的探讨，也许才是中国新诗理论，出现新的跨越与质的突破的关键所在。中国现代诗学理论的研究，也必须在现代诗歌语言的研究中寻求新的发展空间。

第三章
现代诗歌语言对多重资源的整合

中国现代诗歌的理论建设与创作实践之初，最大的困惑就是找不到承载新思想、新感觉的新语言、新形式，也就是说新诗徘徊在精神与语言的两难之间，内容与形式发生了矛盾，思与言处于分裂状态。这也是初期白话诗人们想解决而没有解决得了的问题。戴望舒已经意识到这一点："诗的韵律不在字的抑扬顿挫上，而在诗的情绪的抑扬顿挫上，即在诗情的程度上。"①就是强调了诗歌的内在思想情绪与外在语言形式的统一，即思与言的完美融合。

而在象征诗人李金发那里，这种内容与形式、思与言的分裂就表现为，他所借鉴的西方表达（或称话语、言说）方式，与自己与生俱来的母语无法完美融合。因此，当他试图用初期尚显稚嫩的白话文，文白杂陈、中西杂糅地写诗的时候，就显得半文不白、不中不洋、不伦不类。我们不是说，李金发等人不应该吸收西方诗歌的营养，而是当时的白话文还没有成熟，酒瓶子还装不了新酒，硬装进去就会变了味。李金

---

① 杨匡汉,刘福春.中国现代诗论:上编[M].广州:花城出版社,1985:161.

发等人的困惑,也是当时所有诗人的困惑:白话文尚显稚嫩,如小儿牙牙学语;文言文典雅蕴藉,但是又失之隐晦;欧化语言营养丰富,但又难以消化吸收。因此新诗创作必然会陷入左右为难的境地。

胡适、李金发等初期白话诗人,原以为只要借鉴一些西方现代诗歌的语言、形式,抽取一些中国古典诗歌的意象、意境,再融入一些现代社会的新口语、新理念,就可以创造一种新的诗歌形式。这样一种古今、中西融合的诗歌理想之所以没有能顺利实现,根本原因在于中华五千年的文化积淀,生成的古典意境过于深厚与沉重,冲垮了支撑现代诗歌的薄弱的现实基础。然而,就是在这种艰难的夹缝中,仍然有不少诗人越过种种障碍,吸收了古典诗歌和西方诗歌的养分,吸取了现代汉语自然清晰的表达,融进了自己对现代生活的感受与思考,在寻求古今中外、思与言的融合方面,做出了不懈的探索与实践。比如徐志摩、戴望舒、何其芳、卞之琳、冯至、郑敏、陈敬容、穆旦、艾青等人,都有自己的诗歌理念和成功的创作。

第三章 现代诗歌语言对多重资源的整合

第一节 东方意蕴与西方情调

徐志摩说:"我再没有别的话说,我只要你们记得有一种天教歌唱的鸟,不到呕血不住口……诗人也是一种痴鸟……他的痛苦与快乐是浑成的一片。"①"我不知道风是在哪一个方向吹"正是他的诗歌风格。他沉浸在自己的情感体验里,成为一个自由自在的歌者,也使他的诗歌具有了浓烈鲜明的现代性。徐志摩在诗艺、诗意、诗境的追求上,力求将中国古典意蕴与西方现代情调相结合,成为"中西艺术结婚的宁馨儿"。他在不同的文化背景下,自由自在、移步换景、潇洒自如。

在徐志摩所有的诗作中,我特别关注他的《云游》:

那天你翩翩的在空际云游,
自在,轻盈,你本不想停留
在天的那方或地的那角,
你的愉快是无拦阻的逍遥,
你更不经意在卑微的地面
有一流涧水,虽则你的明艳
在过路时点染了他的空灵,
使他惊醒,将你的倩影抱紧。

---

① 徐志摩.猛虎集序[M]//徐志摩选集.北京:人民文学出版社,1983:303.

他抱紧的是绵密的忧愁,
因为美不能在风光中静止;
他要,你已飞渡万重的山头,
去更阔大的湖海投射影子!
他在为你消瘦,那一流涧水,
在无能的盼望,盼望你飞回!①

徐志摩这首诗写于1931年7月,初以《献词》为题辑入同年8月上海书店出版的《猛虎集》,1931年10月曾以《云游》为题发表于《诗刊》第3期。同年11月他飞机失事后,陈梦家编选他的遗诗,将此诗作为诗集名,并且编为第一篇。作者以及编者对这首诗的重视并不是偶然的。它寄托了诗人的一个梦,也是诗人思想的概括,映照了徐志摩的人生。"我处境是向来顺的,现在如其有不同,只是更顺了的。"②

徐志摩富裕的家境,可以让他自由行走。他先去北京求学,然后去美英留学。在英国留学期间,康桥成了他梦想的天堂。"我不敢说受了康桥的洗礼,一个人就会变气息,脱凡胎,我敢说的只是——就我个人说,我的眼是康桥教我睁的。我的求知欲是康桥给我拨动的,我的自我的意识是康桥给我胚胎的。"③徐志摩在人生这么好的境遇里,康桥这么美好的风景里,自然而然地为自己编织更美好的爱情,更理想的人生梦境。

---

① 徐志摩.云游[M]//徐志摩选集.北京:人民文学出版社,1983:175.
② 徐志摩.自剖文集[M].天津:百花文艺出版社,2005:5.
③ 谢冕.徐志摩名作欣赏[M].北京:中国和平出版社,1993:391.

第三章 现代诗歌语言对多重资源的整合

《云游》中出现的"云",是徐志摩诗中常有的一个意象。"云"的特征是空无依傍、自在逍遥的。"你的愉快是无阻拦的逍遥",这一自在逍遥的愉快感觉,带有脱却人间烟火的清远。既有《庄子·逍遥游》中与万物合一的自在心态,也有诗人与自然呼应的瞬间感受,空中飘荡的"云"随性而往,不拘一地。诗人何以对"云"寄予深深的向往,虽然诗中没有明说,却在后面作了交代:"你更不经意在卑微的地面/有一流涧水"。诗人从旁观者的角度,点出了梦中人的存在,诗人将两种不同的生命形态对比,由此反射出其心路历程与人生取向。"那一流涧水"无疑是一个象征,诗人以第三人称"他"称呼,与"你"形成不同的情感体验。同时那个"他",也含有诗人那种既感到忧愁,又渴望得到慰藉的心境。由此可见,诗中的"一流涧水"与"云"正是诗人现实之我与理想之我的象征。

胡适称徐志摩是诚实的理想主义者,这不难从徐志摩的诗文中得到印证:"飞。人们原来都是会飞的。天使们有翅膀,会飞,我们初来时也有翅膀会飞。我们最初来就是飞了来的。有的做完了事还是飞了去,他们是可羡慕的。但大多数人是忘了飞的,……真的,我们一过了做孩子的日子就掉了飞的本领。"① 然而尽管心里想飞,徐志摩在现实面前却感到了疲倦,我们在他的诗里感到了这种无奈。他开始痛苦地低鸣:"我觉得我已是满头的血水……"②

富有、顺当如徐志摩,也不可避免地染上了时代与社会的忧郁病,因为每个人的梦想在现实世界中都是那样难以实现。他的爱情梦想,

---

① 谢冕.徐志摩名作欣赏[M].北京:中国和平出版社,1993:194.
② 吴福辉,钱理群.徐志摩自传[M].南京:江苏文艺出版社,1997:310.

他的诗歌梦想,在现实中都遭遇到了挫折。最终上天成全了他,让他在那么年轻,在所有的梦想还没有彻底破灭的时候,成为偶然投影在人间的一朵云,回到天国里"云游"去了。

徐志摩的诗人气质,使他常常超越所处的时代,具有某种超前性。更确切地说,是诗人对现实的逃避,引起了精神的飞翔。他们在虚空的幻景中飞翔着,终于飞累了,需要一个平台,让精神着陆。他们有的把这块平台作为幻景的投影幕,有的则是把它作为原始的土地,去开垦、去实验。诗人在现实中往往采取两种姿态:"抗争"与"逃遁"。或者说"抗争"不成便"逃遁","逃遁"不成便"抗争"。在徐志摩的诗歌语言里,我们也可以看到这两种形态。当他在现实中感到倦怠的时候,便跌到爱情里去"逃遁"。奥修说,通向上帝的路有很多条,爱情是其中之一。①"爱"与"美"是徐志摩一生的追求。爱是他的宗教,也是他的上帝。梁启超曾一眼看透了他这一点,称其恋爱为"梦想的神圣境界。"②他执著地追求爱情,热烈地歌颂爱情,都是在追求一种理想人生境界。"志摩的许多披着恋爱外衣的诗不能够把它当作单纯的情诗看的,透过那个恋爱的外衣有他的那个对人生的单纯信仰。"③茅盾的话,一语中的。

然而,现代诗人已经不可能安于"逃遁",他们面临着前所未有的困境:对现实厌倦,用精神飞翔,但又找不到依托的平台,又跌回到现实中来。从这个意义上来说,无论是爱情还是其他"逃遁"方式,都无法"逃遁"人间风雨的侵袭。当时的中国知识分子,都自觉或不自觉地

---

① 奥修.上帝唇边的长笛[M].上海:东方出版中心,1996:34.
② 胡适.追悼志摩[M]//胡适文集:第2卷.北京:人民文学出版社,1998:509.
③ 茅盾.中国现代文学百家·茅盾卷:下[M].北京:华夏出版社,1997:346.

第三章 现代诗歌语言对多重资源的整合

承担着先驱者、探索者、思想者甚至革命者的重任。徐志摩在现实中的失败,是一个理想主义者的失败,因此他的失败,让我们更加崇敬与同情。"因为莫大的世界中,只有他有信心""去追求,去实验一个'梦想之神圣境界'。而终于免不了残酷的失败""他的失败是因为他的信仰太单纯了,而这个现实世界太复杂了,他的单纯的信仰禁不起这个现实世界的摧毁"①。现实社会中没有他们可以着陆的平台,因为他们始终是飞翔者。他们的"逃遁"是暂时休整,并非心如止水;他们构想与构造的世外桃源,不是用来寄居的,而是想重新设计的。然而,他们还没设计好,梦就已经醒了,又落回到地面上,努力挣扎与"抗争"。这是诗性与现实碰撞的必然结果。

曹聚仁说:"一个诗人,他住在历史上,他是仙人,若是住在你的楼上,他是疯子"②,诗人们在承受探索艰辛的同时,也品尝着不被人理解的苦楚,承受着现实的撞击与煎熬。但是总有先觉者,会义无返顾地,走到思想的风口,哪怕会粉身碎骨。你说悲吧,是的。那么年轻,那么有才华,那么投入的爱,那么热情的活。英年早逝,当然是悲。你说不悲吧,也是。在最年轻、最美好、最灿烂的时候消逝,留给人们美好的回忆,留给爱人永恒的怀念,又有什么可悲的呢?诗人就是诗人,他们的生死都是诗。他们的死也许就是他们的生。无论是否消逝,他们毕竟来过了,仿佛一朵白莲,无论在天上,还是在地上,开了又落,落了又开。他们就这样默默消逝了,在黑黑的夜的天际,白莲悄悄开落着,偶尔在你路过时,召唤纯洁灵魂的回归。

---

① 胡适.追悼志摩[M]//胡适文集:第2卷.北京:人民文学出版社,1998:511.
② 绍衡.曹聚仁文选:下[M].北京:中国广播电视出版社,1995:364.

第二节 传统与现代的融合

《现代》杂志编者施蛰存称:"《现代》中的诗是诗。而且是纯然的现代诗。它们是现代人在现代生活中所感受的现代的情绪,用现代的词藻排列成的现代的诗行。"①现代派诗人主要有三个方面的追求:第一是诗歌内容与形式的平衡;第二是表现与隐藏的尺度;第三是吸收异域与传统营养的统一。所谓的内容与形式的平衡,就是思与言的融合;所谓表现与隐藏的尺度,就是隐与显、懂与不懂的尺度;所谓吸收异域与传统营养的统一,就是吸收法国象征派、英美意象派、西方现代派的表现手法和技巧,同时吸取中国古典诗歌的含蓄、典雅、蕴藉,从而形成具有中国特色的现代诗。

20世纪30年代,在中国现代派诗人中,戴望舒的成就与影响最大。戴望舒的现代诗,就是中国化了的现代诗。既带着浓厚的中国古典诗歌的韵味,又蕴含着西方现代诗歌的意味。在他的现代诗中,我们可以透过诗人那双魔眼,窥见广阔的宇宙意识、神秘的心灵感应、变形的艺术手法,难以言传的印象与经验。他的诗歌语言具有模糊性、隐喻性,具有巨大的张力与可能性。正如王佐良所说:"在他身上也有古典主义和现代主义的结合,实际上就是中国诗歌传统和西欧现代敏

---

① 施蛰存.又关于本刊中的诗[J].现代,1933,4(1).

第三章 现代诗歌语言对多重资源的整合

感的结合。"① 他曾经留学法国,得益于西方诗歌的营养,加上骨子里的中国情结,与深厚的古典底蕴,形成了他诗歌的"现代性"品质。《雨巷》就是融合了中西古今的经典之作:

撑着油纸伞,独自
彷徨在悠长、悠长
又寂寥的雨巷,
我希望逢着
一个丁香一样的
结着愁怨的姑娘。

她是有
丁香一样的颜色,
丁香一样的芬芳,
丁香一样的忧愁,
在雨中哀怨,
哀怨又彷徨。

她彷徨在这寂寥的雨巷,
撑着油纸伞
像我一样,

---

① 王佐良. 译诗和写诗之间——读《戴望舒译诗集》随想录[J]. 外国文学,1985(4):42.

像我一样地
默默彳亍着，
冷漠、凄清，又惆怅。

她默默地走近
走近，又投出
太息一般的眼光，
她飘过
像梦一般地，
像梦一般地凄婉迷茫。

像梦中飘过
一枝丁香的，
我身旁飘过这女郎；
她静默地远了，远了，
到了颓圮的篱墙，
走尽这雨巷。

在雨的哀曲里，
消了她的颜色，
散了她的芬芳，
消散了，甚至她的
太息般的眼光，

第三章　现代诗歌语言对多重资源的整合

丁香般的惆怅。

撑着油纸伞，独自
彷徨在悠长，悠长
又寂寥的雨巷，
我希望飘过
一个丁香一样的
结着愁怨的姑娘①

　　我们在轻吟这首诗时，不得不惊叹它美丽忧伤的旋律，仿佛是一首哀怨迷惘的歌。叶圣陶曾经称赞《雨巷》"替新诗底音节开了一个新的纪元"②。这首诗以表面的古典意象，象征着现代的意绪。吸取了古典诗词重意境的长处，化用"丁香空结雨中愁"的意象，营造了一种美丽、忧伤、惆怅的氛围。同时又吸收了西方象征派的手法，赋予了"我""姑娘"和"雨巷"一种朦朦胧胧的象征意蕴，创造了一种既民族又世界、既古典又现代的诗美典范。戴望舒在他的诗歌创作中，力图摆脱初期象征派和新月派诗歌的弊端，由艺术的徘徊彷徨走向艺术的独立自主。《雨巷》所传达的，不仅是一个寻梦者的一时感喟，而是一个沉思者的幽深思考——关于爱情的追寻、关于梦想的破碎、关于灵魂的挣扎……
　　在中西方不同的文化背景中，诗人选择的意象也有不同。比如，

----

① 卞之琳.戴望舒诗集[M].成都：四川人民出版社,1981：28—30.
② 杜衡.《望舒草》序[M]//戴望舒.望舒草.北京：人民文学出版社,2000：5.

徐志摩在《再别康桥》中,写"悄悄是别离的笙箫",背景是西方的,是伦敦的康桥,但情感是东方的,用的是"笙箫",而不是"梵婀玲";戴望舒在《雨巷》中,用的是"油纸伞",而不是"洋伞";用的是"丁香",而不是"玫瑰",传达的是东方情韵。从而获得了一种中西审美情趣的差异与协和,如同绘画中的"撞色"效果。

再如他的《烦忧》,一读此诗就会被它的结构所吸引,被它的语言所感染,被它的情绪所打动:

说是寂寞的秋的悒郁,
说是辽远的海的怀念。
假如有人问我烦忧的原故,
我不敢说出你的名字。
我不敢说出你的名字,
假如有人问我烦忧的原故:
说是辽远的海的怀念,
说是寂寞的秋的悒郁。[①]

这首诗的结构,有如一个钟摆,摇过去再荡回来。戴望舒借鉴了古典诗歌的"回文体",又做了相应的现代化改造,使回文的循环往复与情绪的愁苦烦忧,水乳交融般完美融合在一起,诗人只是说烦忧的感受,却不肯说出烦忧的原因,传达出剪不断、理还乱的心境。现代人的生活与古代人不一样,现代人的心境与古代人也不一样。心境是一

---

① 戴望舒.戴望舒精选集[M].北京:北京燕山出版社,2011:32.

第三章　现代诗歌语言对多重资源的整合

种带有普遍性的情感,有什么样的生活经历遭遇,就会有什么样的心境。心境往往缘情而发,同时外观于物,达到物我同一。所以,这首诗,看似朦胧,其实可解:"烦忧"的心境,由"悒郁"而外现为"寂寞的秋",因"怀念"而外观为"辽远的海"。通过感情的外化,造成悲凉辽远的意境。因为采用了回环往复的复沓结构,更加渲染了这种烦忧的心境,可谓言有尽而意无穷。

戴望舒在创作的第二个时期(大约 1928—1937 年),显示出与前期不同的语言艺术风格。他的诗歌发出一种"与众不同的声调,个人独具的风格,而又名副其实的'现代'的风味"①。诗歌的调子比过去明朗,较多地采用现代口语,给人清新自然的感觉,与他前期诗歌古典韵味的语言有了很大差别。比如写于1928 年的《我的记忆》:

> 我的记忆是忠实于我的,
> 忠实甚于我最好的友人。
>
> 它生存在燃着的烟卷上,
> 它生存在绘着百合花的笔杆上,
> 它生存在破旧的粉盒上,
> 它生存在颓垣的木莓上,
> 它生存在喝了一半的酒瓶上,
> 在撕碎的往日的诗稿上,
> 在压干的花片上,

---

① 卞之琳.戴望舒诗集[M].成都:四川人民出版社,1981:4.

在凄暗的灯上，
在平静的水上，
在一切有灵魂没有灵魂的东西上，
它在到处生存着，
像我在这世界一样。

它是胆小的，
它怕着人们的喧嚣，
但在寂廖时，
它便对我来作密切的拜访。
它的声音是低微的，
但它的话却很长，很长，
很长，很琐碎，而且永远不肯休；
它的话是古旧的，
老讲着同样的故事，
它的音调是和谐的，
老唱着同样的曲子，
有时它还模仿着爱娇的少女的声音，
它的声音是没有气力的，
而且还挟着眼泪，夹着太息。

它的拜访是没有一定的，
在任何时间，在任何地点，

第三章 现代诗歌语言对多重资源的整合

时常当我已上床,朦胧地想睡了;
或是选一个大清早,
人们会说它没有礼貌,
但是我们是老朋友。

它是琐琐地永远不肯休止的,
除非我凄凄地哭了,
或者沉沉地睡了,
但是我永远不讨厌它,
因为它是忠实于我的。①

我们发现在这首诗中,戴望舒用的是现代人的口语,而且是近乎琐碎的口语。以口语作为诗歌语言,对戴望舒而言是一个大胆尝试。其中"字句底节奏已经完全被情绪底节奏所替代,实现了他诗歌应该去掉'音乐的成分'"②的主张,将诗歌的情绪从形式束缚中解放出来,形成了朴素、自然、亲切的诗风。

戴望舒用他的生花妙笔,用富有现代性的语言,用洞察一切的魔眼,替我们打开了窥见世界、窥见心灵之窗。

---

① 卞之琳.戴望舒诗集[M].成都:四川人民出版社,1981:35.
② 黄修已.二十世纪中国文学史:上卷[M].广州:中山大学出版社,1998:245.

第三节　飘忽的心灵的语言

何其芳的诗歌创作，沉溺于幻想的"画梦"和寂寞的"预言"中，他"倾听着一些飘忽的心灵的语言""捕捉着一些在刹那间闪出金光的意象"[①]。何其芳的诗歌语言，具有阴柔委婉的特质，有着词一般的美学品质，有时又欧化到骨子里去。这就使何其芳的诗歌语言，呈现出飘忽的、不确定的"现代性"。正如他的《预言》：

这一个心跳的日子终于来临！
呵，你夜的叹息似的渐近的足音，
我听得清不是林叶和夜风私语，
麋鹿驰过苔径的细碎的蹄声！
告诉我用你银铃的歌声告诉我，
你是不是预言中的年青的神？

你一定来自那温郁的南方，
告诉我那里的月色，那里的日光！
告诉我春风是怎样吹开百花，
燕子是怎样痴恋着绿杨。

---

① 林贤治.梦中道路·何其芳散文[M].广州:花城出版社,2013:172.

第三章 现代诗歌语言对多重资源的整合

我将合眼睡在你如梦的歌声里,
那温暖我似乎记得,又似乎遗忘。

请停下,停下你疲劳的奔波,
进来,这里有虎皮的褥你坐!
让我烧起每一个秋天拾来的落叶,
听我低低地唱起我自己的歌!
那歌声将火光一样沉郁又高扬,
火光一样将我的一生诉说。

不要前行! 前面是无边的森林,
古老的树现着野兽身上的斑纹,
半生半死的藤蟒一样交缠着,
密叶里漏不下一颗星星。
你将怯怯地不敢放下第二步,
当你听见了第一步空寥的回声。

一定要走吗? 请等我和你同行!
我的脚知道每一条熟悉的路径,
我可以不停地唱着忘倦的歌,
再给你,再给你手的温存!
当夜的浓黑遮断了我们,
你可以不转眼地望着我的眼睛!

> 我激动的歌声你竟不听,
> 你的脚竟不为我的颤抖暂停!
> 像静穆的微风飘过这黄昏里,
> 消失了,消失了你骄傲的足音!
> 呵,你终于如预言中所说的无语而来,
> 无语而去了吗,年青的神?
>
> 1931年秋天。①

  我们看到在这首诗中,蕴含着何其芳的诗学理想。诗人的内心独语是在聆听中展开的。诗的开头"夜的叹息似的渐近的足音"是一种很美的听觉意象,但是一般人无从感知,也无从把握。诗人只是界定这"足音",不是"林叶和夜风"的"私语",也不是"麋鹿"的"啼声",而"银铃的歌声"也只是诗人的主观诉求,希望"预言中的年青的神",不是"无语而来",又"无语而去"。"年青的神"标识着诗人对爱与美的向往与追求。诗人在主观的臆想中,聆听着"神"的脚步的渐近、来临与将去,展开了心灵的委婉歌唱。想象着他的来临,挽留着他的脚步,阻止着他的前行,请求与他能同行。诗的最后一节,"神"的足音的消失、拉长,强化了诗人的情绪。如果说第一节是一种希翼和幸福的迷乱情绪,那么,最后一节,疑问已变成了判断,他"无语而来",又"无语而去"了。也许,诗人想要告诉我们的就是:爱与美总是在随风消逝的时候,才让人看到她飘忽的背影。

---

① 何其芳.中国新诗经典·预言[M].杭州:浙江文艺出版社,1996:3.

第四节 哲理、玄思与意境

1936年,文坛上出现了一本《汉园集》,是三个北京大学学生的诗合集,震惊了三十年代的诗坛,在现代文学史上留下了不朽的美誉:"汉园三诗人"。卞之琳在三人中不算年长,写诗也不是最早,1931年陈梦家编的《新月诗选》有他的诗,应该是"新月"与"汉园"之间的桥梁。卞之琳超越了"新月"的诗艺水平,虽说在纯诗的追求上还是前后一贯的。

赵毅衡曾经说过这样的话:"我个人认为,卞之琳三十年代的诗作,是中国现代诗歌的最高成就。一是中国传统的继承,二是西方现代诗学的吸收。这两者,再加上婉约词与玄学诗的美妙融合,产生了中国特色的现代诗。卞之琳诗在中国现代文学史上是独一无二、无可替代的。"①

在中国现代诗歌史上,卞之琳无疑是现代性色彩最浓郁的一个诗人,也被誉为醉心于诗歌技巧与形式的艺术家。卞之琳能够比较前瞻地意识到现代人内心的种种痛苦与矛盾,他内省式的思维方式,高超细致的语言技巧,善于将哲理、玄思与意象、意境巧妙结合,从而使他的诗歌具有思想张力和艺术延展性。

----

① 赵毅衡.组织成的距离——与欧洲文士的交往[J].香港岭南大学现代中文文学学报,2001,4(2):106—107.

隐喻是现代诗歌的重要手法之一。诗歌靠隐喻来深化主题，也靠隐喻来隐藏自己，从而发挥语言的无限张力。我们比较熟悉的一个隐喻，就是柏拉图的"洞穴隐喻"。柏拉图认为：人类自以为掌握了真知，其实看到的不过是幻影，就像住在洞穴里的人们，只能看见火光映照的阴影。这个隐喻说明了人类认知世界的局限性。人类如同洞穴生物，或者如同井底之蛙，我们窥见的世界，只是心灵的幻影，并不是世界本身。这就是人类永恒的困境。我们也熟悉艾略特的"荒原隐喻"。在《荒原》中艾略特写道：

> Dayadhvam：我听见那钥匙
> 在门里转动了一次，只转动一次
> 我们想到这把钥匙，各人在自己的监狱里
> 想着这把钥匙，各人守着一座监狱
>
> ——《荒原》第412—415行

钥匙转动一次的重复，暗示着永久的监禁。艾略特关注的是人类能逃离自我的牢笼，去理解外面的世界。我们想到的那把钥匙，不仅是关闭的钥匙，更是开启与释放的钥匙。

我们无论听人说话，还是读诗品文，都要注意说了什么，没说什么；写了什么，没写什么；然后去思考，获得了什么。诗的解读是无限的。比如李商隐的《无题》诗，你可以想象成情景剧，也可以想象成人物对话。他的《锦瑟》诗十八解，也许是我们的误读，也许远远不止这些。

第三章　现代诗歌语言对多重资源的整合

在现代派诗人中,卞之琳的现代诗,深得古典诗词神韵。他擅长用极简单、极明白的话,写极复杂、极不明白的东西。因此在卞之琳的诗歌中,很少有对于情绪或情感的直接言说,而是不动声色地描写寒夜、荒街、苦雨等静默的意象,把真正的情绪隐藏在语言背后。因此我们读诗,就在于领悟诗中的隐喻,这是读懂现代诗的关键。同样我们写诗,也必须创造自己的隐喻。我们在自己的头脑中,创造一个似是而非的形象,并在它的身上寄予某种意义。这样写出来的现代诗,会从具象之美走向抽象之美,也就有了更深刻的意味。

在卞之琳的现代诗中,《圆宝盒》比较晦涩难解。

> 我幻想在哪儿(天河里?)
> 捞到了一只圆宝盒,
> 装的是几颗珍珠:
> 一颗晶莹的水银
> 掩有全世界的色相,
> 一颗金黄的灯火
> 笼罩有一场华宴,
> 一颗新鲜的雨点
> 含有你昨夜的叹气……
> 别上什么钟表店
> 听你的青春被蚕食,
> 别上什么古董铺
> 买你家祖父的旧摆设。

你看我的圆宝盒
跟了我的船顺流
而行了,虽然舱里人
永远在蓝天的怀里,
虽然你们的握手
是桥——是桥!可是桥
也搭在我的圆宝盒里;
而我的圆宝盒也在你们
或他们也许就是
好挂在耳边的一颗
珍珠——宝石?——星?①

  这首诗运用了意象、象征和隐喻,同时打破了正常的章节结构,用内在情绪的流动来结构全诗。"圆宝盒"是个总体象征,象征着人类的智慧。从"我幻想在哪儿(天河里?)"到"含有你昨夜的叹气",诗人着笔于探寻"圆宝盒"的奥秘。"圆宝盒"是在"天河里""捞到"的,暗示其珍贵与不凡。下面连用三个比喻,暗示了"圆宝盒"的美丽与神奇。"水银"象征大与小的相对关系;"灯火"象征远和近的相对关系;"雨点"象征短暂与永恒的相对关系。因此"圆宝盒"也具有了多重象征意味。从"别上什么钟表店"到"买你家祖父的旧摆设",诗人用"钟表店"象征时间的流逝,"古董铺"象征世界的变幻,我们要珍惜时间和生命,不能耽溺于过去,依附于传统,应该面对现实积极追求理想。也许就

---

① 卞之琳.中国新诗经典·鱼目集[M].杭州:浙江文艺出版社,1997:5—6.

是"智慧"的"圆宝盒"给予我们的人生"智慧"。从"你看我的圆宝盒"到最后一行"珍珠——宝石？——星？"，诗人描写获得"圆宝盒"后的自由。"圆宝盒"随船顺水而行，象征物与物的融合；"舱里人/永远在蓝天的怀里"象征人与自然的融合；"你们的握手是桥"象征人与人的理解。"船"与"水"、"舱里人"与"蓝天"是相对关系，"圆宝盒"既容得下世界，也沟通了你我，挂在耳边之小与包容世界之大也形成了相对关系。我们可以看出，诗人始终是从相对关系上，表现"圆宝盒"的精神内核。最终，时与空，"我"和"你"，人与自然，都融合在一个圆通境界里。全诗从寻求"宝盒"到珍视"宝盒"再到拥有"宝盒"，所隐喻的就是人类应该不断寻找智慧、理想的所在，不断探索生命的奥秘，最终达到生命的自由。

由于人生经历和知识结构不同，我们对诗歌的理解也因人而异。诗人对于自己的诗，常常也是不可说的。一旦能够说出来，也就不成为诗了。因此卞之琳说："但我自己以为更妥当的解释，应为——应为什么呢？算是'心得'吧，'道'吧，'知'吧，'悟'吧，"至于'宝盒'为什么'圆'呢？我以为'圆'是最完整的形象，最基本的形象。然而，我写这首诗到底不过是直觉的展出具体而流动的美感，不应解释得这样'死'，我以为纯粹的诗只许'意会'，可以'言传'则近于散文了。"①

诗歌的语言是隐秘的，也是孤独的。没有隐秘，没有孤独，也就没有诗。我们试图用语言拉近人与人之间的距离，但是如果不够亲近又怕疏远，如果没有距离又怕不够恭敬。"近之则不逊，远之则怨。"于是

---

① 关于《鱼目集》[M]//大公报·文艺.天津.1936 年 5 月 10 日.

我们在使用语言时，常常感到不知所措。我们可以用西方符号学的理论，把语言界定为既精确又误导的工具。语言本身就是双刃剑，一方面在试图传达，一方面又阻碍传达。所以诗歌的语言，就是在明朗里制造隐秘。语言的隐秘性就在于，它可以这样解释，也可以那样解释。这就是语言的孤独。当语言不具有沟通性时，才开始有沟通的可能。因为语言通往每个心灵的路径不同，不再以常人习惯的模式出现，而是承载着不同的经历与思想、感觉和感情，这样才显示出语言的本质。懂的就能看懂，不懂的永远不懂。我们常常不知道，哪些语言是一定要的。有时候那些折磨我们的语言，可以变成生命里不可知的救赎。

"我相信人最深最深的心事，在语言里面是羞于见人的，所以它都是伪装过的，随着时间、空间、环境、角色而改变。语言本身没有绝对的意义，它必须放到一个情境中去解读，而所有对语言的倚赖，最后都会变成语言的障碍。"[①]

卞之琳的诗歌语言，深得中国古典诗歌之精髓，又得西方诗艺之精华，吸收了现代汉语自然轻灵的词句，融合了婉约词与玄学诗的韵致，形成了自己独具特色的诗歌风格。他的诗歌，诗思充盈、意象丰腴，充分体现了现代诗歌的"现代性"魅力。请看他的《断章》：

你站在桥上看风景，

看风景人在楼上看你。

---

① 蒋勋.孤独六讲：语言孤独[M].桂林：广西师范大学出版社，2009：84.

第三章 现代诗歌语言对多重资源的整合

明月装饰了你的窗子，

你装饰了别人的梦。①

我们不难发现在这首诗中，出现了一个很有意味的"你"：诗人不说"你"如何美，而是说"你"看风景，看风景的人在看"你"，"你"成了风景，成了看风景的人的梦。诗人也不去写"你"如何美，而是写明月下"你的窗"，写"你"在别人的心上引起的遐想与惆怅，造成一种语言的阻隔、抒情的内在、意蕴的玄妙。在看与被看，元语言与语言，想象与被想象、接受与被接受的无限延伸与时空变异中，使读者进入了一个似真似幻、庄生梦蝶的境界。这首诗粗粗一看，似乎不可理解，但是细细一读，一定似有所悟。这首诗的主旨并不在哪一行，而是在行与行、节与节的相对上。诗人自己也说："此中'装饰'的意思我不甚着重……我的意思也是着重在'相对'上。"②

屠岸先生分析此诗时指出："这里是多少个'对照'……而这些，都统一在风景——大千世界的庄严色相里。观看，处于主位；装饰，处于客位。这里，可以看到主位和客位、主体和客体、主动和被动的矛盾统一。"③这首诗的趣味就在于主客体的悄然置换：审美者成为审美对象，成为他人梦境里的角色。将"小桥"和"明月"进行时空转换，用"看"与"梦"互相连接，化为一个充满理趣和戏味的艺术境界。对于《断章》的结构，也是卞之琳诗歌的研究者和评论家津津乐道的。"对照《断

---

① 卞之琳.中国新诗经典·鱼目集[M].杭州:浙江文艺出版社,1997:10.

② 卞之琳.关于〈鱼目集〉[M]//天津大公报·文艺.1936年5月10日.

③ 屠岸.精微与冷隽的闪光——读卞之琳诗集《雕虫纪历》[M]//张曼仪,编.中国现代作家选集.北京:人民文学出版社,1995:286.

章》的组织结构形式,卞之琳似乎是以诗人的敏锐捕摸到了其中的基本精神。""《断章》一诗中,新的时空观念与诗人的情感体验结合得相当完美,这应该是它之所以耐读的原因。"①诗名叫做"断章",好比古诗中的"绝句",是有意打开缺口,引起你完形的愿望。也是有意让诗情流溢,勾起你的想象和梦。面对这绝句般的短诗,你可以想得很多很长。

卞之琳的《断章》是否可以看成是结构主义在中国的一个寓言呢?在看/被看、元语言/语言、接受/被接受的无限"延异"(套用一个德里达式的术语)过程中,我们也就仿佛进入了庄生梦蝶的境界。结构主义活动是一个自己咬着自己尾巴的怪物,这种怪物在西方的历史上是非常罕见的。作为反科学主义的科学主义,结构主义从编码和规则入手,最终走向编码和规则的消解,沦入相对主义的无限轮回之中,好似在验证《金刚经》上的名言:"一切有为法,如梦幻泡影,如露亦如电,应作如是观。"意义的神学来源以及相关的救世主观念被彻底瓦解了,在逻各斯中心主义的消解之后,甚至人类也被从中心放逐出来。于是,意义变成了一种"空无"。人类从独断论的迷雾中醒来,无论东方还是西方,似乎又被新的虚无主义及其带来的破坏性所困扰。但是,"空无"并非绝对的虚空,"空无实有",它恰恰又是一切意义之源。

读卞之琳的诗,常常有一种恍惚感。仿佛他是一个从古代穿越到现代的诗人,说着现代人的话,传达着古典意境,甚至是一种禅意。他的《无题·五》,传达给我们一种无言与空茫:

---

① 杨万翔.卞之琳的《断章》为何耐读?[M]//张曼仪,编.卞之琳:中国现代作家选集.北京:人民文学出版社,1995:296.

我在散步中感谢
襟眼是有用的,
因为是空的,
因为可以簪一朵小花。

我在簪花中恍然
世界是空的,
因为是有用的,
因为它容了你的款步。①

这里的"空",不是空无,不是空虚,而是"空无实有",是爱之源泉,也是万物之源。我们在读这首诗时,心也变得空灵而恍然。

在中国现代诗歌史上,卞之琳是个追求精致与完美的诗人。思的聪明与诗的智慧,在他的诗歌创作中显得尤其突出。他的诗,以语言多元、形式多样、技巧多变、意义多歧、来源多重,形成了自己的独特魅力。

卞之琳《距离的组织》是一首极具戏剧化的诗。全诗仿佛只是呈现一个由入睡到醒来的、戏剧般的场景,骨子里却蕴含着极其深刻的思想内容,成为现代派诗歌具有代表性的作品之一:

想独上高楼读一遍《罗马衰亡史》,
忽有罗马灭亡星出现在报上。

---

① 卞之琳.中国新诗经典·鱼目集[M].杭州:浙江文艺出版社,1997:106.

报纸落。地图开,因想起远人的嘱咐。
寄来的风景也暮色苍茫了。
(醒来天欲暮,无聊,一访友人吧。)
灰色的天。灰色的海。灰色的路。
哪儿了?我又不会向灯下验一把土。
忽听得一千重门外有自己的名字。
好累呵!我的盆舟没有人戏弄吗?
友人带来了雪意和五点钟。①

为了更好地说明卞之琳诗歌的特点,我们不妨看看诗人为了帮助读者阅读所加的注释:

1. 一九三四年十二月二十六日,《大公报》国际新闻版伦敦二十五日路透电:"两个星期前索佛克业余天文学者发现北方大力座中出现一新星,兹据哈华德观象台纪称,近两日内该星异常光明,估计约距地球一千五百光年,故其爆发而致突然灿烂,当远在罗马帝国倾覆之时,直至今日,其光始传至地球云。"这里涉及时空的相对关系。

2. "寄来的风景"当然是指"寄来的风景片"。这里涉及实体与表象的关系。

3. 这行是来访友人(即未行的"友人")将来前的内心独白,语调戏拟我国旧戏的台白。

---

① 卞之琳.中国新诗经典·鱼目集[M].杭州:浙江文艺出版社,1997:12.

第三章 现代诗歌语言对多重资源的整合

4. 本行和下一行是本篇说话人(用第一人称的)进入的梦境。

5. 一九三四年十二月二十八日《大公报》的"史地周刊"上《王同春开发河套讯》:"夜中驱驰旷野,偶然不辨在什么地方,只消抓一把土向灯一瞧就知道到了那里了。"

6. 《聊斋志异》的《白莲教》篇:"白莲教某者,山西人,忘其姓名……某一日,将他往,堂上置一盆,又一盆覆之,嘱门人坐守,戒勿启视。去后,门人启之,视盆贮清水,水上编草为舟,帆樯具焉。异而拨以指,随手倾侧,急扶如故,仍覆之。俄而师来,怒责'何违我命!'门人立白其无。师曰,'适海中舟覆,何得欺我!'"这里从幻想的形象中涉及微观世界与宏观世界的关系。

7. 这里涉及存在与觉识的关系。但整诗并非讲哲理,也不是表达什么玄秘思想,而是沿袭我国诗词的传统,表现一种心情或意境,采取近似我国一出旧戏的结构方式。①

《距离的组织》这个诗题就很有意味,也契合全诗的意境和语言结构。诗人将距离很远的物品与风景,用内在的情感之线牵扯起来,在时空的距离中,反复穿梭、交叉运行,使之浑然一体,就成了"距离的组织"。诗人用娴熟的语言技巧,将全然不同的、毫不相干的意象,巧妙地组合到一起,也造成了戏剧化的效果。

短短的十行诗,够我们读几年,甚至更长时间。既有敏感的诗心,

---

① 张曼仪. 距离的组织[M]//张曼仪. 卞之琳:中国现代作家选集. 北京:人民文学出版社,1995:36—37.

又有细腻的情感,更有语言的熔炼。诗的第一句:"想独上高楼读一遍《罗马衰亡史》,忽有罗马灭亡星出现在报上",运用了中国古典诗歌的常见意象——"独上高楼"。表现了游子飘零、登楼远望、故乡飘渺、故人不见的情感。用轻轻的一个"忽"字,完成了《罗马衰亡史》与罗马灭亡星的时空转换,诗人的思绪也从幻想中回到了现实。时空瞬间转换,情感"延异""飘忽","罗马衰亡"四个字,有着言外之意。既跨越了时空,又展开了联想;既有古典情调,又以现代的语言、跳跃的视点表现出来。表面上把距离拉近了,实际上更加难以捉摸。

"报纸落。地图开,因想起远人的嘱咐。寄来的风景也暮色苍茫了。"这几句诗,完全是意识流:"报纸"与"罗马灭亡"的意象,刚刚一闪而过,接着就是"远人"的追忆,这追忆是年深月久的,"风景"也因岁月的侵蚀,而变得"暮色苍茫了"。随后:"灰色的天。灰色的海。灰色的路。"仿佛在告诉我们,褪色的不仅是风景,苍茫的不仅是暮色,回忆也变得朦胧,人也变得渺茫。

"哪儿了?我又不会向灯下验一把土。忽听得一千重门外有自己的名字。好累啊!我的盆舟没有人戏弄吗?友人带来了雪意和五点钟。"诗人仿佛在梦里,穿越了无限时空距离,从幻想又回到了现实中。古代传奇中的"盆舟"远航造成的奇妙幻象,隐喻了梦中的游历。思绪由友人的来访,而被瞬间打断了。友人的一声轻唤,把所有的时空距离,都一下子瓦解了。

"这篇诗是零乱的诗境,可又是一个复杂的有机体,将时间空间的远距离用联想组织在短短的午梦和小小的篇幅里。这是一种解放,一

第三章 现代诗歌语言对多重资源的整合

种自由,同时又是一种情思的操练,是艺术给我们的。"①

"《距离的组织》运用古今典故和意象的联系,作时间和空间二度距离的组织,诗人的思绪可不容易追踪,尽管如此,诗句所提示的一片灰蒙蒙意境,仿似一幅印象派油画,使人不期然受到感染,悠然而兴苍茫之感。"②

除此之外,20世纪30年代后期,面对国家和民族的灾难,卞之琳还推进了政治抒情诗的现代化。他的政治抒情诗,擅长从一般逻辑转向特殊逻辑,在组织现实素材进行创作时,显示出不同于常人的机智。比如他的《慰劳信集》(三十):

> 谁说忘记了一张小板凳?
> 也罢,让累了的敌人坐坐罢,
> 空着肚子,干着嘴唇皮,
> 对着砖块封了的门窗,
> 对着石头堵住了的井口,
> 想想人,想想家,想想樱花。③

这首诗立足于现实的土壤,描写残酷的抗日战争,甚至是民族的耻辱。但我们在诗中,却闻不到血腥,看不到仇恨,而是感性的语言,

---

① 朱自清.解诗[M]//新诗杂话.北京:三联书店,1984:14.
② 张曼仪.卞之琳论[M]//张曼仪.卞之琳:中国现代作家选集.北京:人民文学出版社,1995:263.
③ 卞之琳.实行空室清野的农民[M].十年诗草(1930—1939)[M].合肥:安徽教育出版社,2007:94.

理性的思考,散发着人性的光辉。"《慰劳信集》的精神尽管是支援抗战的,却没有当时抗战诗歌一味慷慨激昂的擂鼓之声,而多从小处着眼,侧面轻描淡写各阶层人物生活细节,肯定他们对抗战的贡献,而起鼓舞人心的作用,口吻从容不迫,时而诙谐机智,是情理交辉的篇章。"①

这首诗的抒情方式也十分新颖别致。从一个崭新的角度描写战争的残酷,甚至从人性的角度描写敌人的心理,让我们体验到一种崭新的诗思维。"正是由于《慰劳信集》'理性'的抒情方式,一贯的从容不迫的态度,一贯的由小见大、由实入虚的手法,才使得这部诗集经得起时间的考验,不曾湮没于标语、传单和口号式的抗战宣传中。"②

赵毅衡说过这样的话:"我个人认为,卞之琳三十年代的诗作,是中国现代诗歌的最高成就。一是中国传统的继承,二是西方现代诗学的吸收。这两者,再加上婉约词与玄学诗的美妙融合,产生了中国特色的现代诗。卞之琳诗在中国现代文学史上是独一无二、无可替代的。"③

综上所述,我们可以看出,卞之琳的诗歌擅长运用鲜活自然的现代口语,融合文言的意蕴和欧化的句子,从而表达不同的内容和情感。擅长通过语言的细致转换和语调的丰富变化,反映现代不同人等的不同心境。他巧妙地引入文言,有时文白杂糅,有时雅俗共赏,有时庄谐

---

① 张曼仪.卞之琳论[M]//张曼仪.卞之琳:中国现代作家选集.北京:人民文学出版社,1995:264.
② 江弱水.卞之琳诗艺研究[M].合肥:安徽教育出版社,2002:55.
③ 赵毅衡.组织成的距离——与欧洲文士的交往[J].香港岭南大学.现代中文文学学报.2001,2:106—107.

第三章　现代诗歌语言对多重资源的整合

对衬,有时妙趣横生。尤其善于用长句,以插入、跨行、倒装等欧化语法手段,造成诗句长短参差、整散不一,从而表达跌宕起伏的思想感情。在卞之琳的诗中,白话的清新自然,文言的雅致蕴藉,欧化的别具一格,多层次、多元素、多色彩的奇妙组合,交相辉映,使他的诗独具特色、熠熠生辉,显示了现代诗歌语言的美好发展方向。

第四章
现代诗歌语言的传承与发展

中国现代诗歌发展到20世纪40年代,其精神内核和语言形式与初期的白话诗已经大相径庭了。在1938到1946年间,西南联大偏居一隅,云南特有的地理和文化上的边缘状态,形成了有利于诗人生存的社会环境,于是西南联大诗人群应运而生。长期笼罩在诗人头顶的社会意识形态的阴云,暂时被南方温暖的气候、民主自由的氛围、独立不羁的民间立场所屏蔽,与国统区、解放区的其他诗人一道,共同创造了这一时期诗歌创作繁荣的局面。思想的复杂性、言说的多义性、形态的丰富性和风格的多样性构成了这一时期诗歌独特的风景。

第一节 在古典的形式中"质询"现代的"存在"

冯至在他的诗歌理论与创作实践中,将西方现代诗歌理念与中国传统精神相结合,成为西南联大诗人群中现代性转变的先导。他的标志性作品是1942年出版的《十四行集》。冯至写十四行诗的初衷是:"我用这形式,只因为这形式帮助了我。……它不曾限制了我活动的思想,而是把我的思想接过来,给一个适当的安排。"①他努力从前人和他人并未发现的领域和角度,去揭示出一定生活哲理和一些自然规律。朱自清由衷地赞叹他是"从敏锐的感觉出发,在日常的境界里体味出精微的哲理的诗人"②。

冯至在《十四行诗》中,分别为尤利西斯、歌德、梵高、杜甫、鲁迅、蔡元培写了一首诗。冯至从他们的作品或语言入手,把体验上升到生命高度,寻找与他们灵魂的契合点,生发出对人类苦难的终极关怀,这些都是他诗歌语言现代性的表征。德国汉学家顾彬认为:"十四行诗是冯至诗歌创作的顶峰,在我看来,甚至可以说是二十世纪中国诗歌创作的顶峰。"③

---

① 韩耀成.冯至全集:第1卷[M].石家庄:河北教育出版社,1999:214.
② 朱自清.新诗杂话[M].北京:三联书店,1984:24.
③ W·顾彬.路的哲学——论冯至的十四行诗[M]//中国现代文学研究丛刊.1993(2):216.

冯至是被誉为继承了鲁迅"路的哲学"的诗人①。从五四新文化运动伊始，鲁迅就积极倡导诗人对现实的关注意识，提倡诗歌对社会的担当意识。中国诗人特有的人文传统和精神气质，都有一种与生俱来的忧患意识，但如何将这种忧患意识转化为一种社会担当与自由言说，对很多诗人来说还是一个难题。因此，在有些诗人那里，忧患意识是可以随时挂在嘴边，也可以随时扔掉的，在民族存亡的关头，他们表现得很自我，或者说很自私。而在有些诗人身上，忧患意识又让他们或者振臂高呼，或者不堪重负，最终彻底倒下，丧失言说的能力。这是令人痛心的局面，也是很多诗人的宿命。不过，在现代诗歌发展的历史进程中，我们偶尔也能听到忧患意识的几声鸣响。比如他的《十四行集·二》：

什么能从我们身上脱落，
我们都让它化作尘埃：
我们安排我们在这时代
象秋日的树木，一棵棵
把树叶和些过迟的花朵
都交给秋风，好舒开树身
伸入严冬；我们安排我们
在自然里，象蜕化的蝉蛾
把残壳都丢在泥土里；
我们把我们安排给那个

---

① W·顾彬.路的哲学——论冯至的十四行诗[M]//中国现代文学研究丛刊. 1993(2):221.

未来的死亡,象一段歌曲,
歌声从音乐的身上脱落,
归终剩下了音乐的身躯
化作一脉的青山默默。①

　　冯至这首诗涉及到生与死的问题。在他看来死亡虽然是生命的终点,但我们可以从中窥见生命的意义。如果我们积极地投入人生,坦然地接受自然的安排,"象秋日的树木",把"树叶"和"花朵""都交给秋风",就可以把被动的死变为主动的生,那么,死亡并不可怕,而是生命的辉煌完成,就"象一段歌曲"一样,"化作一脉的青山默默。"我们再来看看他的《十四行集·二七》:

从一片泛滥无形的水里
取水人取来椭圆的一瓶,
这点水就得到一个定形;

看,在秋风里飘扬的风旗,
它把住些把不住的事体,
让远方的光、远方的黑夜

和些远方的草木的荣谢,
还有个奔向远方的心意,

---

① 吕进.新诗三百首[M].石家庄:河北人民出版社,1996:82.

都保留一些在这面旗上。

我们空空听过一夜风声，
空看了一天的草黄叶红，
向何处安排我们的思想？

但愿这些诗象一面风旗
把住一些把不住的事体。①

在这首诗中冯至想要表达的是，很多的事情是不可言传的，它们在语言达不到的地方。我们把握不住的"风声""风旗"可以告诉我们，可是我们的"思、想"，又有谁能把握呢？也许只能靠"这些诗"来把握。

冯至的这组十四行诗，虽然创作于战争的血雨腥风中，却不是以呐喊的姿态去充当"战鼓"或"号角"，而是将冷静思考的细微触角，穿越战争的火光和现实的迷烟，指向更为根本的、更为遥远的、生命的存在。他没有将自己的忧患意识，淹没在社会时代的大潮背后，而是让自己和自己的诗在与社会时代的遇合中，得到了保护和发扬。他在保持社会责任感的同时，又坚持了对诗歌本身的信仰，无论对社会、对个人，还是对诗歌，都是一件幸事。唐湜认为，真正的诗，"应该由浮动的音乐走向凝定的建筑，由光芒焕发的浪漫主义走向凝重的古典主义。

---

① 吕进.新诗三百首[M].石家庄:河北人民出版社,1996:83—84.

第四章　现代诗歌语言的传承与发展

这是一切沉挚的诗人的道路,是R. M. 里尔克的道路,也是冯至的道路。"①"这集子可以说建立了中国十四行的基础,使得向来怀疑这诗体的人也相信它可以在中国诗里活下去。"②

---

① 唐湜. 新意度集[M]. 北京:三联书店,1990:15.
② 朱自清. 新诗杂话[M]. 北京:三联书店,1984:102.

第二节　女性诗人语言的理性色彩与古典意蕴

20世纪30年代末40年代初,一大批青年诗人由于对社会人生的困惑和思考,对西方现代主义诗学理论产生了共鸣,提出了"诗歌现代化"的主张,形成了一个具有现代主义倾向的诗歌流派——"九叶诗派"。要求诗歌在反映社会问题的同时抒写个人心绪,在发挥形象思维的同时将知性与感性相融合;强调反映现实与挖掘内心相统一,具有强烈的时代感、历史感和现实精神;自觉追求现实主义与现代派的结合,注重营造新颖奇特的意象和境界。九位诗人分别为曹辛之(杭约赫)、辛笛(王馨迪)、陈敬容、郑敏、唐祈、唐湜、杜运燮、穆旦(查良铮)和袁可嘉。他们于1981年出版了《九叶集》,因此被称为九叶诗人。

"九叶诗派"的女诗人郑敏,在西南联大读书,是冯至的学生。她的诗歌特异之处,就在于摈弃了放纵的情感,表现出更多的理性色彩。她将哲学、诗歌和生命合为一体,高度的理性发自纯真的情感,呈现着一个敏感的、有良知的知识分子在历史的血雨腥风中的感受与思考。她的诗歌语言由音乐走向了雕塑,在含蓄与透明中向我们展示着"至高的灵魂"。她的《诗集 1942—1947》,是少女的凝思。将少女特有的美丽、单纯、敏感、寂寞、冥思、狂想交织在一起,饱含天真与幼稚、激情与朝气。比如诗集的第一首《晚会》:

第四章　现代诗歌语言的传承与发展

我不愿举手敲门，
我怕那声音太不温和，
有一只回来的小船，
不击桨，
只等海上晚风，
如若你坐在灯下，
听见门外宁静的呼吸，
觉得有人轻轻挨近……
扔了纸烟，
无声推开大门，
你找见我。等在你的门边。①

少女心湖的微妙波动，随着诗行次第呈现，宛如"风乍起，吹皱一池春水"。郑敏诗中的"寂寞"色彩，也与现代派诗人戴望舒有了本质的不同。在戴望舒笔下，"寂寞"只是一种情绪。比如他的《白蝴蝶》：

给什么智慧给我
小小的白蝴蝶
翻开了空白之页
合上了空白之页？

翻开的书页：

---

① 中国现代经典诗库：第九卷[M].太原：北岳文艺出版社，1994：257.

寂寞；
合上的书页：
寂寞。①

郑敏笔下的"寂寞",却有着内在的质地。她将思考注入诗里,向内部探寻下去,"寂寞"就是生命之河的浪花。

我想起有人自火的痛苦里
求得"虔诚"的最后的安息,
我也将在"寂寞"的咬啮里
寻得"生命"最严肃的意义,
……
我把人类一切渺小,可笑,猥琐
的情绪都掷入他的无边里,
然后看见：
生命原来是一条滚滚的河流。②

不仅如此,郑敏诗中的许多意象,都有着深邃意蕴的象征体,这样就使她的诗歌内涵进一步扩大,诗歌语言也更加富有了张力。比如她的《金黄的稻束》：

---

① 戴望舒.戴望舒诗集[M].成都：四川人民出版社,1981：122.
② 中国现代经典诗库：第九卷[M].太原：北岳文艺出版社,1994：265.

金黄的稻束站在
割过的秋天的田里,
我想起无数个疲倦的母亲,
黄昏路上我看见那皱了的美丽的脸,
收获日的满月在
高耸的树巅上
暮色里,远山是
围着我们的心边
没有一个雕像能比这更静默。
肩荷着那伟大的疲倦,你们
在这伸向远远的一片
秋天的田里低首沉思,
静默。静默。历史也不过是
脚下一条流去的小河
而你们,站在那儿
将成了人类的一个思想①

在这首诗中,"金黄的稻束"的意象,象征着"疲倦的母亲",也象征着"历史"。这样就把平凡的意象,从现实感提升到历史感,这种理性力量的介入,就散发着"思想"的光辉。

同样是"九叶"女诗人的陈敬容,她在诗歌的现代性方面,也做出了探索与实践。首先,她在诗中发出了"我是谁?"的质询,引出了生存

---

① 中国现代经典诗库:第九卷[M].太原:北岳文艺出版社,1994:258.

的迷失感、异化感。20世纪以来,人类陷入了一场精神危机,"人的失落"成为西方现代主义诗歌的主题,对于现代人精神世界的探索,就成为现代诗人关注的焦点。比如陈敬容在《鸽》中写道:

> 暗红色的旧屋瓦上
> 几只鸽子想飞
> 又停下了,
> 摺叠起灰翅膀伫望①

诗中出现的鸽子意象,象征着人类的徘徊观望。她的诗歌语言,时而呈现出一种力感,时而又表现出一种细腻。比如她的《文字》:

> 每一个文字是一尊雕像
> 固定的轮廓下有流动的思想
> 有如细小的水流,从各方
> 向大海汇集,发出和谐的声响
> ……
> 我在暗夜中捕捉你们,象捕捉光
>
> 借你们有形的口,说我无形的言语
> 从一片大海把我的沉思捞起②

---

① 罗佳明,陈俐. 陈敬容诗文集[M]. 上海:复旦大学出版社,2008:204.
② 罗佳明,陈俐. 陈敬容诗文集[M]. 上海:复旦大学出版社,2008:188.

第四章 现代诗歌语言的传承与发展

陈敬容的诗歌，深受古典诗词和西方诗歌影响，诗歌内涵丰富、风格多样，既有以外景触发内感，高速度反映时代的力作，也有沉思默想的委婉，古典蕴藉的佳作。她的天赋和质地被公认，如她的名字极易被重视。她是朴素本真的诗人，从不进入名利争斗场，这对保持写诗的心性是非常必要的。诗歌可以无关社会功利，甚至无关文学史意义，但它必须是专业的，可以承载诗人的全神贯注、持之以恒，用以度过漫长、艰难、朴素的生命时间。比如她的《窗》，既具有古典意蕴，又具有现代精神：

【一】

你的窗
开向太阳，
开向四月的蓝天；
为何以重帘遮住，
让春风溜过如烟？
我将怎样寻找
那些寂寞的足迹，
在你静静的窗前；
我将怎样寻找
我失落的叹息？
让静夜星空
带给你我的怀想吧，
也带给你无忧的睡眠；

而我　如一个陌生客，
默默地　走过你窗前。

【二】
空漠锁住你的窗，
锁住我的阳光，
重帘遮断了凝望；
留下晚风如故人，
幽咽在屋上。

远去了，你带着
照彻我阴影的
你的明灯；
我独自迷失于
无尽的黄昏。

我有不安的睡梦
与严寒的隆冬；
而我的窗
开向黑夜，
开向无言的星空。

——1939年4月于成都①

陈敬容的《窗》是"九叶诗派"诗歌主张的具体实践。通过象征和

---

① 伊人.现代著名诗人情诗精编[M].杭州：浙江文艺出版社，1992：533—535.

第四章 现代诗歌语言的传承与发展

联想,运用含蓄的语言,让幻想和现实交织,抒发了诗人在那个特殊时代,对光明的憧憬,对现实的抗争,以及诗人在寒冷压抑的环境中忧郁凄苦的心境。全诗含蓄、深沉、真诚,具有撼动人心的艺术力量。①

"窗"是中国古典诗词中常见的意象,在现代诗人的心灵世界中,也有古典意象的神韵,因此对"窗"的吟咏也离不开古典意象。一扇窗子就是一个境界,就是一个人的心灵世界。诗人通过具有沟通意味的"窗",将窗内与窗外、你的窗与我的窗进行诗意的对比:"你的窗/开向太阳,/开向四月的蓝天",而"我的窗/开向黑夜,/开向无言的星空"。你的世界是开阔、深远而明亮的,这样的一个世界,却"为何以重帘遮住,/让春风溜过如烟","重帘"让人联想到隔绝与封闭,是封闭的心灵的象征。表达了两个心灵、两个世界的隔膜与拒绝。

诗歌的色彩运用别具匠心。在描写"你"的时候,诗人使用的是色彩明亮的词语。你的窗向着"太阳""四月的蓝天",祝福你有"无忧的睡眠"。爱情对于你而言,只是生活中的极小部分,你还有更广阔的天地。而对于诗人自己,除了"黑暗""黄昏"孤独迷茫的色彩之外,还有"叹息""凝望""幽咽"等感受,感伤的色彩、灰暗的色调,暗示心绪的落寞。两次出现的"重帘"是古典诗词常见意象。"空漠锁住你的窗,/锁住我的阳光,/重帘遮断了凝望;/留下晚风如故人,/幽咽在屋上",再现了古典诗词的幽怨意境。

中国现代文学研究会陆耀东在《中国新诗史》中评价此诗:"《窗》借窗口这一中心意象抒写面对爱的失落时深深的不舍与哀伤,'你'的窗'开向太阳,/开向四月的蓝天',而'我'的窗'开向黑夜,/开向无言

---

① 刘增利.粤教版高中语文[M].北京:北京教育出版社,2007:181—182.

的星空',劳燕分飞,令人断肠。"

陈敬容的诗歌中,除了充满古典意蕴的诗作,还有反映现代人内心迷惘、苦闷、失落的诗作。比如她的《陌生的我》:

我时常看见自己
是另一个陌生的存在
独自想着陌生的思想
当我在街头兀立
一片风猛然袭来
我看着一个陌生的我
面对着陌生的世界

许多熟习的事物
我穿的衣裳
我住的房屋
我爱读的书籍
我爱听的音乐
它们都不是真正属于我
就连我的五官四肢
我说话的声音
我走路的姿势
也不过是一般之中的
一个偶然

第四章 现代诗歌语言的传承与发展

在空间里和时间里
我随时占有
又随时失去
我如何能夸说
给出什么我的所有
虽然人类舞台上
永在扮演取予的悲剧

我没有我自己
当我写着短短的诗
或是长长的信
我想试把睡梦里
一片太阳的暖意
织进别人的思想里去

　　我们有时候独自一个人走在路上，看着步履匆匆的行人与川流不息的街道，也会像诗人一样涌出一种陌生感，"我看着一个陌生的我/面对着陌生的世界。"恍然对每天都经历的街景、建筑物，失去了原有的熟悉。自己好像是这个世界的闯入者，紧张而不安、迷惘而失落。那个在现实生活中的我，那个平日游刃有余的我，都不知去向何处了。在我们的一生中，时常会迷失自己，这并非一件坏事，是我们认识并塑造真实自我的入口。每一次迷失，都是在森林中寻找出路的时刻，而每当穿过一片熟悉又陌生的森林，便会看到比昨日更完整、更出众的自己。

我们降临到这个世界,如同一张白纸,对生存法则一无所知,总是模仿别人的语言、姿势与生活习性,因而每个人最初的自我,并不独属于我们自己。那个自我是世俗的、普遍的、模式化的。当你有朝一日独自兀立街头,重新审视自己的灵魂,与熟悉的一切事物拉开距离,走出那个围困自己的圈子,你会感到陌生、感到茫然。然而在茫然与陌生过去之后,那个被外部世界所遮蔽的真实自我将会苏醒,仿佛一片从未涉足的旷野终于被发现。

　　弗吉尼亚·伍尔夫在《存在的瞬间》中说过:我们不了解自己的灵魂,更别提别人的灵魂了。人类不能手牵手一同走过人生道路。每个人心中都有一片未开垦的森林,是连鸟的足迹都没有的雪原。试图了解自己的灵魂,试图寻找真实的自我,其实是一场冒险。人生的多数拥有并不坚固可靠,生命也是偶然得来,意味着也将偶然失去。正如诗人所言:"在空间里和时间里/我随时占有又随时失去。"[①]我们不得不直面生活的不确定性与偶然性,也将从随波逐流的大多数成为逆流而生的极少数,逆流而生的路途势必孤独而艰难。

　　对于无法重来且短暂的人生,面对世界的变化与无常,我们要做的并不是把自己关进遮风避雨的屋子里得过且过,而是挺身穿过风雨去迎接美丽的彩虹。每一次暴风雨的洗礼,都会使你走向真实的自己,学会用自己的方式,去面对无数种不测。

　　正如陈敬容自己所说:"让我们首先是我们自己:每一种蜕变有各自不同的开始与完成。"

[①] 吴晓东.中国新诗百年大典:第6卷[M].武汉:长江文艺出版社,2013:253.

第三节 "静静地,我们拥抱在用言语所能照明的世界"

在"九叶"诗人中,穆旦的风格是最浓烈的。他既是一位现代主义诗人,又是一个现实主义诗人。在他的诗中,欧化的语言、民族的精神互相交融,使他的诗成为现代诗的典范。他在诗中表现出来的对生命意义的探求,对民族命运的担忧,对现代性的追求都是那么明晰在目。胡适等初期白话诗人只是一味地追求语言的明白易懂,因过于求"白"而放弃了"诗"味。穆旦却在"奇异的复杂"里展现了现代诗的艺术魅力,以他为代表的中国现代主义诗歌是对五四白话诗的"反拨"。

穆旦的诗歌语言是滞缓的、密集的,甚至是笨拙的。他对诗歌口语化的追求,是在表面的、琐碎的铺叙中,暗伏了精心的、严密的构思。他既有艾略特的深邃,又有奥顿的幽默,同时也有中国古典诗歌的沉郁苍劲。他的诗以痛苦的丰富和感情的严峻著称。比如他的《赞美》:

走不尽的山峦的起伏,河流和草原,
数不尽的密密的村庄鸡鸣和狗吠,
接连在原是荒凉的亚洲的土地上,
在野草的茫茫中呼啸着干燥的风,
在低压的暗云下唱着单调的东流的水,
在忧郁的森林里有无数埋藏的年代。

它们静静地和我拥抱：
　　说不尽的故事是说不尽的灾难，沉默的，
　　是爱情，是在天空飞翔的鹰群，
　　是干枯的眼睛期待着泉涌的热泪，
　　当不移的灰色的行列在遥远的天际爬行；
　　我有太多的话语，太悠久的感情，
　　我要以荒凉的沙漠，坎坷的小路，骡子车，
　　我要以槽子船，漫山的野花，阴雨的天气，
　　我要以一切拥抱你，你
　　我到处看见的人民呵，
　　在耻辱里生活的人民，佝偻的人民，
　　我要以带血的手和你们一一拥抱，
　　因为一个民族已经起来。①

　　穆旦在这首诗中，用平实的语言、丰富的意象，展示了现实的残酷、人民的苦难。但是诗人并没有颓废、沉沦，而是"以带血的手和你们一一拥抱"，因为"一个民族已经起来"。生命的庄严感、历史的厚重感、现实的时代感，使穆旦的诗散发着现代性精神品格。"静静地，我们拥抱在/用言语所能照明的世界"②。

　　穆旦的《诗八首》③是一个艺术整体，由八首具有紧密联系的短诗联

---

　　① 中国社会科学院文学研究所现代文学研究室.中国现代经典诗库：第八卷[M].太原：北岳文艺出版社，1994：299—300.
　　② 穆旦.诗八首[M]//九叶集.北京：作家出版社，2000：260.
　　③ 穆旦.诗八首[M]//中国现代经典诗库.太原：北岳文艺出版社，1996：302-306.

第四章 现代诗歌语言的传承与发展

结起来,意象新奇,玄思幽深,意蕴无穷。是经典中的经典,是最难解的爱情诗,类似于李商隐的《无题》诗,相当于李商隐的《锦瑟》诗。正如诗人郑敏所说,没有可穷竭的巨著,只有思维的僵化与读解的死亡。孙玉石的《中国现代主义诗潮史论》,只附了对《诗八首》的解读,可见是现代诗歌的难点;郑敏在《诗人与矛盾》中,从结构上对《诗八首》进行了解读;蓝棣之在《论穆旦诗的演变轨迹及其特征》中,简略地解释了《诗八首》大意。袁可嘉说:"新诗史上有过许多优秀的情诗,但似乎还没有过像穆旦这样用唯物主义态度对待多少世纪以来被无数诗人浪漫化了的爱情的。"[1]

《诗八首》描写了爱情的全过程,是三股力量之间的矛盾和斗争:"你""我"和"上帝"。"你我"之间既有强烈的吸引力,也有难以逾越的距离和错位,而上帝是背后的操纵者,象征着不可控的命运。

(一)
你的眼睛看见这一场火灾,
你看不见我,虽然我为你点燃;
唉,那燃烧着的不过是成熟的年代,
你的,我的。我们相隔如重山!

从这自然底蜕变底程序里,
我却爱了一个被并合的你。
即使我哭泣,变灰,变灰又新生,

---

[1] 李怡,易彬.中国文学史资料全编·现代卷·穆旦研究资料:上卷[M].北京:知识产权出版社,2013:272.

姑娘，那只是上帝玩弄他自己。

穆旦的目的不在于造梦，而是将爱情的真相揭示出来。用"火灾"形容"你"对"我"的强烈吸引力，"我"被你"点燃"了。"灾"字表明"我"的狂热，还有隐隐的恐惧，因为这种燃烧是不同步的。"我"已水深火热，"你"在旁观之中——"你看不见我"，"你"看见的是火，"我"已被火光笼罩。"我"处于狂热之中，也看不见真正的"你"。所以"我"和"你"，竟然"相隔如重山"，因为"那燃烧着的不过是成熟的年代。""我"虽然在燃烧中，但是头脑非常清醒，原来燃烧的不过是青春。"我"的"燃烧"只是"你"的青春诱惑，其实"我们相隔如重山"，爱情的漫漫长途，完成了就圆满，完不成就失败。所以"从这自然的蜕变的程序里，我却爱了一个暂时的你。"因为"你"处于不断的蜕变之中，当"你"不同于此时的"你"，当"我"也不同于此时的"我"，谁能保证爱情依然存在呢？因为"在无数的可能里一个变形的生命／永远不能完成他自己。"变化是永恒的，蜕变是客观的。既然这一切都逃不脱"自然的蜕变的程序"，那么"即使我哭泣，变灰，变灰又新生"，也不过是上帝玩弄他自己。上帝创造了男人和女人，又让他们有所欲而不得，让他在爱情中经受痛苦，那不是上帝在玩弄自己吗？诗中有分裂的两个"我"：一个在激情燃烧，一个在冷静思考。一个是行动者，一个是思想者。思想者是清醒的，同时也是痛苦的。

(二)
你的年龄里的小小野兽，
它和春草一样地呼吸，
它带来你的颜色，芳香，丰满，

第四章 现代诗歌语言的传承与发展

它要你疯狂在温暖的黑暗里。

我越过你大理石的理智底殿堂，
而为它埋藏的生命珍惜；
你我底手底接触是一片草场，
那里有它底固执，我底惊喜。

  这是穆旦《诗八首》中最精美的一首，语言感性优美流畅。王佐良曾非常精到地指出："他总给人那么一点肉体的感觉，这感觉所以存在是因为他不仅用头脑思想，他还'用身体思想'……他的最好的地方是在那些官能的形相里。""我不知道别人怎样看这首诗，对于我，这个将肉体与形而上的玄思混合的作品是现代中国最好的情诗之一。"①

  "年龄里的小小野兽"象征野性的自然生命力，暗示着青春期的冲动，像"春草"一样生气勃勃。"它带来你底颜色，芳香丰满""它要你疯狂在温暖的黑暗里"，"它"是主动语态，代指青春的诱惑。"它呼吸""它带来""它要你"，"它"是激情的蛊惑者，也是"我"的心底欲望。"我"好不容易越过了"你大理石的理智底殿堂"，因为"它埋藏的生命珍惜"，"你我底手底接触是一片草场"，虽然"它"（她）依然固执，"我"还是满心惊喜。在中国现代诗歌里，把青春期的欲望写得如此纯洁优美的，除了穆旦再无他人。

（三）

水流山石间沉淀下你我，

---

① 穆旦.穆旦诗集[M].北京：中国文联出版公司，1998：119—120.

> 而我们成长,在死的子宫里。
> 在无数的可能里,一个变形的生命
> 永远不能完成他自己。
>
> 我和你谈话,相信你,爱你,
> 这时候就听见我底主暗笑,
> 不断底他添来另外的你我
> 使我们丰富而且危险

　　这一首比较晦涩难解,涉及到穆旦的生命观。再加上意象的西化,使得解读异常艰难。"水流山石间沉淀下你我","水流山石"是大自然的象征,"沉淀"说明了"成形"的偶然,"你""我"的生命是一个偶然。"死的子宫"是一个西方意象。"子宫"是孕育生命的地方,既然我们的生命为自然沉淀,自然就是所有生命的母亲,宇宙就是最大的"子宫",所有的生命都来源于此,最后也回到那里去。因此我们的成长过程,就是在奔赴死亡的途中,所以说"而我们成长,在死的子宫里"。

　　这是穆旦对个体生命的哲学理解,诗人从宇宙哲学的高度反观个体生命:每个生命都在生与死的过程中,每个人都处在未完成的状态中。"我和你谈话,相信你,爱你",是说"我"的燃烧与追求,已经使"我"爱上了你,并且也相信你爱我。"这时候就听见我底主暗笑",既可以理解为"上帝"在笑,也可以理解为"思想者"在笑,"不断地他添来另外的你我","爱"既能使我们亲密交谈彼此信任,又能使更本真更深层的自我得到显现,甚至让我们彼此都感到陌生,所以称"另外的你我",同时也印证了:"在无数的可能里一个变形的生命/永远不能完成他自己。"爱的过程使我们亲密靠近,但也是扰乱爱情的危险因素。当无法预料的"另外的你我"加人,爱情的命运只能由上帝掌控。

郑敏说穆旦的语言"扭曲,多节,内涵几乎要突破文字,满载到几乎超载,然而这正是艺术的协调"①。从这首诗中可以窥见一斑。

(四)
静静地,我们拥抱在
用言语所能照明的世界里,
而那未成形的黑暗是可怕的,
那可能和不可能的使我们沉迷。

那窒息着我们的
是甜蜜的未生即死的言语,
它的幽灵笼罩使我们游离,
游进混乱的爱底自由和美丽。

这首诗充满了穆旦式的玄学语言,用抽象的意念写具体的语言,使得诗幽深晦涩。"用言语照明的世界"与"未成形的黑暗"是两个相对的语义。"未成形的黑暗"就是"不能用言语照明的世界",在第三首诗中有一句"它要你疯狂在温暖的黑暗里","黑暗"暗示青春期的欲望与冲动。穆旦在另一首诗《我歌颂肉体》里也用到"黑暗":"这里是黑

---

① 郑敏.诗歌与哲学是近邻——结构—解构诗论[M].北京:北京大学出版,1999:48.

暗的憩息。……但是我们害怕它，歪曲它，幽禁它，/因为我们还没有把它的生命认为是我们的生命，还没有把它的发展纳入我们的历史，因为它的秘密/还远在我们所有的语言之外。"①正因为是一个语言盲区，所以大家都心照不宣。"静静的拥抱"是安全的，因为这是"言语所能照明的世界"。"而那未成形的黑暗是可怕的，/那可能和不可能的使我们沉迷。那窒息着我们的/是甜蜜的未生即死的言语。"它远在语言之外，它因未知而可怕，也因未知而充满诱惑。"甜蜜的未生即死的言语"，是指想要说但未说出口，或者无法言传胎死腹中的，这种障碍是让人感到窒息的，"它底幽灵"指的就是言语障碍。情到深处人孤独，语言的障碍也越深，所以便越过语言，静静地拥抱在用言语所能照明的世界里。

（五）
夕阳西下，一阵微风吹拂着田野，
是多么久的原因在这里积垒。
那移动了景物的移动我的心
从最古老的开端流向你，安睡。

那形成了树木和屹立的岩石的
将使我此时的渴望永存，
一切在它底过程中流露的美
教我爱你的方法，教我变更。

---

① 李方.穆旦诗全集[M].北京：中国文学出版社，1996：256.

第四章 现代诗歌语言的传承与发展

这是一首宁静的诗,是激情燃烧后的休憩。"夕阳西下,一阵微风吹拂着田野",是宁静的内心写照。"是多么久的原因在这里积累",说明宁静的获得是漫长的。"那移动了景物的"暗指时间。面对亘古不变的自然,"我"的心也获得了古朴的纯真、宁静的"安睡"。"那形成了树木和屹立的岩石的,将使我此时的渴望永存",孙玉石是这样解读的:"造化与时间是永恒的生命的创造者,它们创造了田野上的高大的树木,创造了屹立着的坚硬的岩石,它们的存在,使我此时强烈地感到一种希望:对于爱的'渴望'永存。诗人在大自然的永存中,寻找自身爱情永存的力量的象征。"[①]"一切在它底过程中流露的美",指的是自然永存的变动不居之美,教会"我爱你"的方法,把我"变更"得更好。

(六)
相同和相同融为怠倦,
在差别间又凝固着陌生;
是一条多么危险的窄路里
我制造自己在那上面旅行。

他存在,听从我底指使,
他保护,而把我留在孤独里,
他底痛苦是不断的寻求
你底秩序,求得了又必须背离。

这首诗承接第五首而来,是"我"悟出的"爱的方法",也就是爱情

---
① 西渡.名家读新诗[M].北京:中国计划出版社,2005:197.

哲学。"相同和相同溶为怠倦",两个人太一致易生厌倦之心。可是"在差别间又凝固着陌生",距离太远又太陌生。"是一条多么危险的窄路里,我制造自己在那上面旅行。"所以爱之路狭窄而艰难。"制造"是一个有意识的自我调整的过程,充满动感。穆旦的诗充满了戏剧性,那么"他"又是谁呢?应该是两个自我:一个"本我",一个"他我"。"他我"的存在,听从"本我"的指使,因为"他我"的出现是"本我"的生命需求;"他我"要维护他的爱情,更深的"本我"就只好留在孤独里,"他我"的痛苦是不断寻求"你底"秩序,"求得了又必须背离",回到爱情辩证法本身,就是一个完满自足的整体。

(七)
风暴,远路,寂寞的夜晚,
丢失,记忆,永续的时间,
所有科学不能祛除的恐惧
让我在你底怀里得到安眠——
呵,在你底不能自主的心上,
你底随有随无的美丽的形象,
那里,我看见你孤独的爱情
笔立着,和我底平行着生长!

这首诗是爱的最高境界,是对爱情的最高礼赞。"风暴,远路,寂寞的夜晚""丢失,记忆,永续的时间",都是人类可能遭遇的恐惧,科学对它们无能为力。事实上科学越是发达,现代人越是感到恐惧。宗教是拯救灵魂的,爱情就是诗人的宗教,只有在"你"的怀里,恐惧才能得

第四章　现代诗歌语言的传承与发展

到化解。"你"的爱是"我"活下去的勇气,流露了诗人对爱情的依恋、对生命的悲观。穆旦本人在 1976 年写的《理智与感情》中有一节《劝告》:"如果时间和空间/是永恒的巨流,/而你是一粒细沙/随着它漂走,/一个小小的距离/就是你一生的奋斗,/从起点到终点/让它充满了烦忧,/只因为你把世事/看得过于永久,/你的得意和失意,/你的片刻的聚积,/转眼就被冲去/在那永恒的巨流。"①

诗人在"安憩"后面用了破折号,表示安憩的获得是"你"对我的爱情。"那里,我看见你孤独的爱情/笔立着,和我底平行着生长!"在《诗八首》的前几首,"我"都处于主动追求的状态,没有"你"对"我"的情感状态。"孤独的"也是"独立的","笔立着""平行生长",表现了穆旦的现代爱情观:自由、独立、平等。"不能自主""随有随无",透露了穆旦对生命的悲观。爱的自由、心的自主、美丽永远,那是上帝的事情,人类是无能为力的。一方面是对生命和爱情的礼赞,另一方面,上帝的手如影随形,生命与爱情充满变数。

(八)
再不能有更近的接近,
所有的偶然在我们间定型,
只有阳光透过缤纷的枝叶
分在两片情愿的心上,相同。

等季候一到,就要各自飘落,

---

① 穆旦.穆旦诗精编[M].武汉:长江文艺出版社,2014:192.

而赐生我们的巨树永青，
　　它对我们的不仁的嘲弄
　　（和哭泣）在合一的老根里化为平静。

　　这首诗是最后的乐章。一方面是两情相悦的喜悦，另一方面是生命短暂的悲哀。从开始的"我们相隔如重山"，到最后"再没有更近的接近"，不仅是个心理距离，还是一个哲学问题。无论怎么相爱的两个人，永远只能是独立的个体，只可以无限"接近"，而不可能"合二为一"。"所有的偶然在我们间定型"，是诗歌与哲学的妙合，爱情玄学式的总结。当所有的"偶然"指向一个"定型"的必然，"偶然"的意义才能凸显出来。

　　穆旦卓越的驾驭语言的才能，总是能将具体对象推向抽象哲思，使诗歌呈现多维空间，使有限转化为无限。"我们"如同巨树上的两片叶子，"等季候一到就要各自飘落"，这是人生的大隐喻，也是"我们"无法抗拒的命运，最终只能是"各自飘落"，生与死不是"我们"能主宰的，死的时候注定是孤独的。叶子的生命为巨树所赐，生命也是永恒的自然所赐。"巨树"对我们的"不仁的嘲弄（和哭泣）"，正是永恒的自然对我们的"嘲弄（和哭泣）"，也是大千世界中万物的必然归宿，这种对于生命的彻悟使我们获得平静。

　　穆旦宁可牺牲诗句的流畅，也不放弃生命本质的探寻，这就造成了语言的阻隔。因此对《诗八首》的解读，要尽力接近诗的原意，达到"再也没有更近的接近"，可能是读懂的最好方法。穆旦反对古典诗词模糊的一团诗意，主张诗要明白无误地表现较深的思想，认为暗喻不要太随便，应该在诗内有线索，如果不给线索，那就像读谜语了。我们可以看出，穆旦的《诗八首》，是有两条线索的：不是爱情的结果，而是爱情的过程；不是思想的结果，而是思想的过程。

第四章 现代诗歌语言的传承与发展

第四节 "语言不绝灭，诗不绝灭""人存在，故人思想"

在 20 世纪 40 年代诗坛上，有一位将现实性、理想性和现代性完美交融、有机统一的诗人——艾青。艾青认为："最伟大的诗人，永远是他所生活的时代的最忠实的代言人；最高的艺术品，永远是产生它的时代的情感、风尚、趣味等等之最真实的记录。"①

语言是为了表达思想，诗歌的语言更是如此。如果语言的背后没有思想，就不成其为诗。艾青强调："给思想以翅膀，给情感以衣裳，给声音以彩色，使流逝幻变者凝形，屈服者反抗，咽泣者含笑，绝望的重新有力理想"②"愈是具体的，愈是形象的；愈是抽象的，愈是概念的"③。因而他的诗歌具有明显的象征派意味：奇特交错的意象组合、暗示象征的情绪流动、画面构图与光色安排，使得他自己和师承他的"七月"诗人们，写就的"革命诗歌"和"抗战诗歌"，都充满了粗犷深沉、冷峻敏锐的现代性色彩。比如他的《我爱这土地》：

假如我是一只鸟，

---

① 艾青. 诗与时代[M]//诗论. 上海：复旦大学出版社，2005：58.
② 艾青. 诗人论[M]//诗论. 上海：复旦大学出版社，2005：76—77.
③ 艾青. 形象[M]//诗论. 上海：复旦大学出版社，2005：24.

我也应该用嘶哑的喉咙歌唱：
这被暴风雨所打击着的土地，
这永远汹涌着我们的悲愤的河流，
这无止息地吹刮着的激怒的风，
和那来自林间的无比温柔的黎明……
——然后我死了，
连羽毛也腐烂在土地里面。

为什么我的眼里常含泪水？
因为我对这土地爱得深沉……①

  这首诗虽然直抒胸臆，这种"爱"却以曲笔写之：假设自己是一只鸟，歌唱着大地的苦难和悲哀，歌唱着大地的愤怒与抗争，也歌唱着大地的黎明与新生。即使是死了，连羽毛也要献给大地。热爱至此，痴情至此，可谓生死与共。这里写的是一只鸟，其实写的是一个"我"。因此诗人问"鸟"也问"我"："为什么我的眼里常含泪水？"然后又自己回答"因为我对这土地爱得深沉……"因爱而悲，因悲而泣，正是至真至爱的表现。这首诗的语言委婉曲折，抒情主体转换巧妙，是一首将现实性、理想性和现代性完美交融的佳作。这种成功的范例，对"七月"诗人们产生了很大的影响。

---

  ① 中国社会科学院文学研究所现代文学研究室.中国现代经典诗库：第四卷[M].太原：北岳文艺出版社,181—182.

第五章
现代诗歌语言的突出表征

维特根斯坦在其《逻辑哲学论》中,探讨了语言如何成为可能的问题。他认为语言的界限就是思想的界限。该书的最后一句话是:"对于不可说的东西我们必须保持沉默。"[①]因此,诗歌不总是说出来的语言,和它一起的还有沉默的语言。

从索绪尔关于语言"能指"与"所指"的说法,我们发现诗歌语言正是以声音(能指)获得了内涵和意义(所指),音韵、节奏、语感形成了诗歌内在的音乐性。诗歌语言常常是弯曲的,或者迂回婉转,或者"站立"起来。有时语言停止了"滑行",在空荡荡的空间"晃动";有时语言不再"流动",变成一个"透明的固体"。诗歌语言的象征性,使语言获得了多义性。由于对情感和声音的强调,诗歌语言不指向确定的意义,这种不确定就是诗歌的审美意味,也就是诗歌语言的隐秘性。有些诗歌语言表达了"意思",有些则蕴含着无限的"情感"。这样诗歌语言就形成了"言外之意""象外之象"。因此在诗歌中,

---

① 维特根斯坦. 逻辑哲学论[M]. 贺绍甲,译. 北京:商务印书馆,1996:105.

语言以各种方式存在。

本章试图从音乐性、象征性、隐秘性三个方面,论述中国现代诗歌语言的突出表征。

第五章　现代诗歌语言的突出表征

第一节　现代诗歌语言的音乐性

中国诗歌创作，可谓源远流长，诗歌诞生之初，就与音乐结缘。中国的古典诗歌，都可以吟诵或配乐吟唱。因此，古往今来的诗人都非常重视诗歌的音乐性。古典诗歌大多有格律规范，如形式的分行、分节、停顿，语言的用韵、平仄、节奏等等，这些都构成了诗歌的音乐性。现代诗歌与古代诗歌一样，语言都是有质感的，也是有声音的：或激越昂扬，或委婉流畅；或铿锵有力，或如泣如诉。

语言是有声音形象的。书面的虽然你听不见，但是你可以感觉得到。你甚至可以用视觉去听。以声韵而言，无论是古代诗歌还是现代诗歌，如果押的是江阳韵、东钟韵，就会显得激越昂扬、铿锵有力、壮怀激烈。因为 eng、ang、ong 都有鼻腔与胸腔共鸣，能发出郁闷、愤怒、悲怆的声音。如果押的是齐微韵，比如凄、寂、离、依等，都是闭口呼的，声音低弱，委婉悱恻、催人泪下。因此我们读诗，不仅仅是读字面的意思，还要倾听语言背后的声音。其实读每一首诗，静下心来，都能听到不同的声音和情感。

法国象征主义诗人魏尔伦，在艺术形式上十分强调韵律的必要性，认为完美的诗最重要的就是音乐性。魏尔伦的标志性成果，就是他对诗歌音乐性的强调。他有一首诗就叫《诗艺》：

音乐，至高无上，
奇数备受青睐，
没有什么能比在曲调中
更朦胧也更晓畅。

对字词也要精选，
切不可轻率随便；
灰色的歌曲最为珍贵
其间模糊与精确相连。
……
音乐，永远至高无上！
让你的诗句插翅翱翔，
让人感到她从灵魂逸出
却飞向另一种情爱，另一个天堂！[①]

  魏尔伦的这首《诗艺》，是用诗歌的形式表述象征主义见解。在西方诗歌理论界，一直被看成是象征诗的宣言。"音乐至上"是全诗的总论点。魏尔伦所说的音乐性，首先是指字、词、韵律的搭配，一定要做到朗朗上口；其次是提倡写奇韵诗，就是以奇数为音节的诗；再次提倡诗要朦胧，需要精选字词，反对在诗中加进理性内容，而成为模糊的象征物；第四是不要色彩，只要色调，即取消诗歌的再现性，而赋予其音

---

  ① 魏尔伦.诗艺[M]//黄晋凯,主编.象征主义·意象派.北京：中国人民大学出版社,1989：237—238.

乐性。在魏尔伦看来，只有诗歌的音乐性才能更好地实现诗歌语言的暗示性，从而使诗的语言具有"朦胧"性与"模糊"性。魏尔伦关于诗歌音乐性的论述，影响了中国二三十年代的诗人，特别是象征派、现代派诗人的创作。

　　五四新文化运动之初，胡适等初期白话诗人，已经开始意识到诗歌的音乐性与形式、语言之间的关系，但是，他们的理论主张与创作实践又常常是相互矛盾相互脱节的。新诗的语言不同于古典诗歌语言，如何表现音乐性是摆在他们面前的一个难题。一方面，他们激烈地否定文言，倡导诗体大解放，如胡适所言："近年来的新诗发生，不但打破五言七言的诗体，并且推翻词调曲谱的种种束缚；不拘格律，不拘平仄，不拘长短；有什么题目，做什么诗；诗该怎样做，就怎么做。"①而另一方面，他们又无法排除文言和传统诗体的影响。比如梁实秋对胡适的诗歌，就做过这样的评价："胡适之先生的《尝试集》，有些首的声调是不脱'词'的风味的，……有些首的内容也不脱中国旧诗的风味，……但是就大体讲来，《尝试集》是表示了一个新的诗的观念。"②因此，在现代诗歌语言的音乐性方面，初期白话诗人无论是在理论上，还是在创作实践上，都是浅尝辄止的。

　　关于现代诗歌语言的音乐性，鲁迅先生曾经做过以下精辟的论述："诗歌虽有眼看的和嘴唱的两种，也究以后一种为好。"③"诗须要有形式，要易记，易懂，易唱，动听，但格式不要太严。要有韵，但不必依

---

　　① 胡适.胡适文集：第3卷[M].北京：人民文学出版社，1998：138.
　　② 杨匡汉，刘福春.中国现代诗论：上编[M].广州：花城出版社，1985：141.
　　③ 鲁迅.致窦隐夫[M]//鲁迅.鲁迅全集：第12卷.北京：人民文学出版社，1981：556.

旧诗韵,只要顺口就好。"①我们可以看出鲁迅并不主张仅仅把诗歌当作视觉艺术,而是强调诗歌的听觉效果,也就是强调诗歌的音乐性。他的这种理论主张,后来影响到左翼诗人的创作。

20世纪20年代,国共两党矛盾加剧,国内战争风起云涌,很多诗人和知识分子对局势无所适从,对前途感到渺茫。由于社会动荡不安,诗人群体逐渐分化。到了30年代,国内战争频仍,抗日战争爆发,国家山河破碎,民族灾难当前,诗人的队伍急剧分化。有的走向街头引吭高歌,有的躲进象牙塔独自疗伤。这种诗人内部的分化,从他们对诗歌音乐性的不同看法中,就可以明显分辨出来。

1933年,穆木天在"中国诗歌会"机关刊物《新诗歌》的发刊词中,就明确提出了左翼诗人的诗歌理论:"我们要用俗言俚语,把这种矛盾写成民谣小调鼓词儿歌,我们要使我们的诗歌成为大众歌调,我们自己也要成为大众的一个。"随后不久,王任叔在他的《新诗的踪迹及其出路》里,进一步强调指出:"歌谣化是新诗的一条可走的路。"②与此同时,蒲风在他的《摇篮曲》自序中,公开强调指出:"所谓自由诗决不能没有音律,而最能抓住大众心情的,又必是最适合于大众生活,大众口味的歌唱。"③他们竭力提倡歌谣、小调、儿歌、民歌的创作,从内容上强调诗歌的社会担当,从形式上追求民族化、通俗化。但他们对诗歌音乐性的强调,一旦与大众化、通俗化联系在一起,又降低了诗歌本身的品味,削弱了诗歌本身的韵味。

---

① 鲁迅.致蔡斐君[M]//鲁迅全集:第13卷.北京:人民文学出版社,1981:220.
② 芦焚.中国新文学大系1927—1937:第1集[M].上海:上海文艺出版社,1987:341.
③ 蒲风.蒲风选集[M].福州:海峡文艺出版社,1985:585.

第五章 现代诗歌语言的突出表征

左翼诗人对诗歌音乐性的强调,缘于他们认为文艺都是宣传,诗歌就是口号,"歌唱就是力量"①。而从诗歌的音乐性到宣传性的转换中,我们可以看出诗人们的社会担当意识、爱国主义热情和现实主义倾向。我们可以看出左翼诗人们,试图通过通俗易懂的语言、喜闻乐见的音乐形式,去接近民众宣传思想,完成诗歌的现实使命。但是从诗歌本身来看,既无法承担起国家兴亡的重任,也无法从容地酿造出自己的诗味。

与左翼诗人持相反观点的,是现代派代表诗人戴望舒。他反对诗歌用韵,认为"诗不能借重音乐。"②然而,他这种关于音乐性的观点,不但推翻了他自己通过《雨巷》的创作,建立起来的"开创了新诗音节的新纪元"的美誉,同时也推翻了他自己后期的诗歌创作。而且戴望舒的这种"无韵诗"主张,也颠覆了闻一多"新格律诗"理论中,关于"音乐的美"的主张。因为在戴望舒看来,无论是内容还是形式上的限制,都是诗歌的种种束缚,要达到纯化诗歌本身的目的,必须强化诗人内心的感觉与情绪,而且必须淡化诗歌形式上的音乐性。

在左翼诗人和现代派诗人之间,既主张现代诗歌的音乐性,又能冷静思考的是新月派诗人,包括与之联系紧密的"京派文人"。他们是实践闻一多"三美"理论的自由知识分子群体。沈从文就认为诗歌要有音乐性,"诗"要有"歌"一样的美:"一本诗缺少诱人的词藻作为诗的外衣,缺少悦耳的音韵,缺少一个甜蜜热情的调子,读者是不会欢喜

---

① 蒲风.蒲风选集[M].福州:海峡文艺出版社,1985:585.
② 戴望舒.望舒诗论[M]//戴望舒经典.海口:南海出版公司,2001:264.

的,不能欢喜的。"①沈从文发自内心地赞美刘半农的《扬鞭集》:"用微见忧郁却仍然极其健康的调子,唱出他的爱憎,混和原始民族的单纯与近代人的狡猾,按歌谣平静从容的节拍,歌热情郁沸的心绪,刘半农写的山歌,比他的其余诗歌美丽多了。"②与此同时,他也非常客观地评价了朱湘的《采莲曲》:"用东方的声音,唱东方的歌曲,使诗歌从歌曲意义中显出完美。"③我们从中可以发现,沈从文所说的"诗"要有"歌"一样的美,是对诗歌音乐性的强调,是呼唤一种民族的、原始的、美好的生命热情和内在情感。因此他对诗歌音乐性的呼唤,并没有左翼诗论的功利性,而是对诗性本身的呼唤。

我们知道在中国现代诗歌发展史上,闻一多是第一个有意识建构诗歌音乐美的理论家和实践家。闻一多的"三美"理论,首先强调"音乐的美"。即音节、节奏、韵律的和谐,形成诗歌的音乐美感。也就是说诗人必须通过诗歌语言的选择运用,去实现诗歌的音乐性。

闻一多十分强调诗歌"音乐的美",他认为:"诗的所以能激发情感,完全在它的节奏;节奏便是格律。……越有魄力的作家,越是要戴着脚镣跳舞才跳得痛快,跳得好。只有不会跳舞的才怪脚镣碍事,只有不会做诗的才感觉到格律的缚束。对于不会作诗的,格律是表现的障碍物;对于一个作家,格律便成了表现的利器"④"因为世上只有节奏比较简单的散文,决不能有没有节奏的诗。本来诗一向就没有脱离过

---

① 沈从文.沈从文全集:第16卷[M].太原:北岳文艺出版社,2002:123—126.
② 沈从文.沈从文全集:第16卷[M].太原:北岳文艺出版社,2002:123—126.
③ 沈从文.沈从文全集:第16卷[M].太原:北岳文艺出版社,2002:138.
④ 闻一多.诗的格律[M]//闻一多全集:第三册.北京:三联书店,1982:415.

第五章 现代诗歌语言的突出表征

格律或节奏。"①他还认为"整齐的字句是调和的音节必然产生出来的现象,绝对的调和音节,字句必定整齐";但是有时字数整齐了,音节却不调和了,闻一多分析了其原因:"那是因为只有字数的整齐,没有顾到音尺的整齐"②。只有音尺韵脚的完美组合,才能构成诗歌的韵律节奏;只有音节韵脚的和谐搭配,才能构成诗歌的音乐美感。

此外,新月派诗人陈梦家在编著《新月诗选》时,也在序言中这样强调说:"格律是圈,它使诗更显明、更美。形式是官感赏乐的外助。"③他的这种观点,传承与发展了闻一多的"三美"理论。与此同时,新月派理论家梁实秋,也提倡理性与节制,他说:"没有艺术而不含有限制的,情感是必须要有合乎美感的条件的限制,方才有形式之可能。"④他又说:"文学里的音乐美是很有限度的。"⑤音乐性对诗歌来说,就是一种美的形式,但是"自由是要的,放肆是要不得的,镣铐是要不得的,形式与格律仍是要的。"⑥新月派另一理论家叶公超也说:"一首诗的力量往往无须寄托在文字的音乐性上。"⑦叶公超肯定的是由语言节奏带来的音乐性,否定的是由歌唱节奏带来的音乐性。新月派诗人臧克家,主张诗歌要表现国家的兴亡、人民的苦难,这与当时的左翼诗人不谋而合。他对诗歌音乐性的观点,却是传承了新月派理论。臧克家虽然也强调诗歌的音乐性,但是他认为诗歌的音乐性,并不等同于音乐本

---

① 闻一多.诗的格律[M]//闻一多全集:第三册.北京:三联书店,1982:414.
② 闻一多.诗的格律[M]//闻一多全集:第三册.北京:三联书店,1982:418.
③ 杨匡汉,刘福春.中国现代诗论:上编[M].广州:花城出版社,1985:149.
④ 梁实秋.梁实秋批评文集[M].珠海:珠海出版社,1998:190.
⑤ 梁实秋.梁实秋批评文集[M].珠海:珠海出版社,1998:201.
⑥ 梁实秋.梁实秋批评文集[M].珠海:珠海出版社,1998:164.
⑦ 叶公超.叶公超批评文集[M].珠海:珠海出版社,1998:59.

身,而是诗歌内在的情感与语言节奏。臧克家关于诗歌音乐性的观点,与左翼诗人主张把诗当歌来写,甚至主张配上曲子去传唱,显然是完全不同的。

由此可见,在20世纪二三十年代,由于社会极度的动荡不安,在国难当头民族存亡的关头,不同风格流派的诗人以及理论家,都从各自不同的倾向和立场出发,无论是在诗歌的创作与批评上,还是在诗歌的音乐性的论述上,都提出了各自不同的主张。

在中国现代诗人中,徐志摩"所长是使一切诗的形式,使一切不习惯的诗的形式,嵌入自己作品,皆能在试验中契合无间"[1]。读徐志摩的每一首诗,如果你静下心来,能听出不同的声音。比如他的《再别康桥》:

  轻轻的我走了,
  正如我轻轻的来;
  我轻轻的招手,
  作别西天的云彩。

  那河畔的金柳,
  是夕阳中的新娘,
  波光里的艳影,
  在我的心头荡漾。

---

[1] 沈从文.论徐志摩的诗[M]//沈从文文集:第11卷.广州:花城出版社.1984:200.

第五章　现代诗歌语言的突出表征

软泥上的青荇，
油油的在水底招摇；
在康桥的柔波里，
我甘做一条水草！

那榆阴下的一潭，
不是清泉,是天上虹；
揉碎在浮藻间，
沉淀着彩虹似的梦。

寻梦？撑一支长篙，
向青草更青处漫溯；
满载一船星辉，
在星辉斑斓里放歌。

但我不能放歌，
悄悄是别离的笙箫；
夏虫也为我沉默，
沉默是今晚的康桥！

悄悄的我走了，
正如我悄悄的来；
我挥一挥衣袖，

不带走一片云彩。①

在这首诗中,我们可以看见康桥的柔波,也可以听见河水的荡漾,还可以听见诗人的心声与歌声。第一节可视为"引子"或前奏,点化出全诗的抒情基调。连用三个"轻轻"的,不仅形成了一种音律美,同时也表现了诗人内心情感的失重状态。此后四节诗通过四幅画面的描绘,诗人的感情也如水波荡漾、跌宕起伏,情绪也达到了"漫溯"与"放歌"的高潮。第六节金玉之音戛然而止,代之以笙的清婉、箫的清幽,别离的笙箫悄悄地吹奏着一支无字无声的歌。连夏虫也沉默无语,康桥也默默无声。诗人的感情也洗去了当初的浮躁与不安,积淀成一片月光似的宁静与平和。完成了感情的"回归",画出一个美丽的"圆"。然而这种离情别意毕竟太浓太浓,诗人忍不住回过头去再说一声"再见",在对第一节语式的复沓变化中,诗人"悄悄"地"挥一挥衣袖",毅然决然地"不带走一片云彩",在结构上也画了一个"圆"。

徐志摩的《雪花的快乐》,同样显示了诗歌的音乐美:

假如我是一朵雪花,
翩翩的在半空里潇洒,
我一定认清我的方向——
飞飏,飞飏,飞飏,——

---

① 徐志摩.再别康桥[M]//徐志摩诗集.成都:四川文艺出版社,1981:177—178.

第五章 现代诗歌语言的突出表征

这地面上有我的方向。

不去那冷寞的幽谷，
不去那凄清的山麓，
也不上荒街去惆怅——
飞飏，飞飏，飞飏，——
你看，我有我的方向！

在半空里娟娟的飞舞，
认明了那清幽的住处，
等着她来花园里探望——
飞飏，飞飏，飞飏，——
啊，她身上有朱砂梅的清香！

那时我凭藉我的身轻，
盈盈的，沾住了她的衣襟，
贴近她柔波似的心胸——
消溶，消溶，消溶——
溶入了她柔波似的心胸！[①]

对徐志摩这首诗流溢出来的音乐美，沈从文曾经大为赞叹："这里是作者为爱所煎熬，略返凝静，所作的低诉。柔软的调子中交织着热

---

① 徐志摩.雪花的快乐[M]//徐志摩诗集.成都：四川文艺出版社,1981:3—4.

情,得到一种近于神奇的完美。"①"做一个爱欲的幻想,容纳到柔和轻盈的节奏中,写成了这样优美的诗,是同时一般诗人所没有的。"②

　　即便是徐志摩的散文诗,也以他敏锐的感受力,传达着内在的节奏,流溢着音乐的美。比如他的《常州天宁寺闻礼忏声》。徐志摩的诗歌创作,无论是语言的清丽明朗、形式的活泼多变,还是节奏的自然流畅,都是闻一多"三美"理论的成功实践。

---

① 沈从文.论徐志摩的诗[M]//沈从文文集:第11卷.广州:花城出版社.1984:194.
② 沈从文.论徐志摩的诗[M]//沈从文文集:第11卷.广州:花城出版社.1984:195.

第五章 现代诗歌语言的突出表征

第二节 现代诗歌语言的象征性

对于中国现代诗歌的评价,实质上是关于诗的本质的讨论。而诗的本质的讨论,无疑会触及到诗的语言。而诗的语言的讨论,又会诱发更多、更深、更玄的思考。在此就象征手法和隐喻手法如何影响了现代诗歌语言的现代性,做一番探讨。

人永远是以语言的方式拥有世界。诗人借助于语言,拥有了另一个世界,即诗歌的世界。而我们对于诗的认识,就是对诗的语言的认识。语言的表达是多方面的,不同的表达会产生不同的意味。比如,"我如果爱你——绝不像攀援的凌霄花,借你的高枝炫耀自己;我如果爱你——绝不学痴情的鸟儿,为绿荫重复单纯的歌曲;也不止像泉源,常年送来清凉的慰藉;也不止像险峰,增加你的高度,衬托你的威仪。甚至日光,甚至春雨。"[①]这是一种明确的表达,表达的是:爱是独立,而非依附。"见了他,她变得很低很低,低到尘埃里,却在尘埃里开出花来。"(张爱玲给胡兰成照片后的题诗)这是一种隐秘的表达,是想暗示对方,自己爱上他了,自己愿意为他,低下高傲的头颅。前者借助的是象征,后者借助的是隐喻。可见,象征和隐喻在诗歌的表达中,显示出无与伦比的作用与魅力。

象征非常奇妙。它与人类共同生长,古老而又年轻。旧的象征不

---

① 舒婷.致橡树[M]//舒婷的诗.北京:人民文学出版社,1994:117.

断消亡,新的象征不断涌现。我们可以这样说:象征是某种文化的密码,是语言对语言的超越,是人类与生俱来的东西,也是文学的基本要素之一。

象征具有多义性,它强调一种自由,对人是一种解放。它往往指向某一个背后的理性存在,新观念、新思想寄托在一个个象征符号上,从而去追踪人类的精神、生命、家园、理想等等。比如说梅雨,代表了意义的晦暗不明,又象征着"湿淋淋"的生存状态;梅雨是季节转换的自然现象,又对应现实中某种模糊色调。现实世界对于现代人来说,不再是不言而喻的事实,而是失去了本身的明晰。因此,对世界的认识、对人类的认识,从来没有像现代这样强烈地、鲜明地显示出神秘性、模糊性。比如在中世纪,但丁的《神曲》中,描写过一座森林,里面居住着虎豹狼,虽然神秘兮兮、阴森可怖,让人胆战心惊、望而却步,但是井然有序、心中有数,所有的风景、动物、事物,都有明确的位置、作用、意义。所以但丁式的神秘,本质上并不神秘。因为不管是在地狱,还是在天堂,都可以看到上帝的影子,我们的内心是安定的。但是,到了波德莱尔的"象征的森林",虽然没有豺狼虎豹,却让人忐忑不安,因为没有上帝在那里安排我们人类的命运。我们存在的意义,变得不确定了,变得神秘莫测。后来到了萨特那里,暧昧晦暗的象征,发展为阴森恐怖的象征,甚至散发着死亡的气息。与传统的象征不同的是,现代象征对于死亡,似乎有着强烈的迷恋。它不是以健康的姿态,而是以衰败的景象,迷惑着、吸引着我们。"我就是他人",是兰波作为一个现代诗人经常被人引用的一句话,他自己将这句话解释为:"站在一旁,耳闻目睹他的思想逐渐发展。"①这里隐含的诗学观念与波德莱尔主张的诗人是"生命的神秘"的"洞观者"意思差不多。比如李金发的《有感》：

　　如残叶溅
　　　血在我们
　　　　脚上,

　　生命便是
　　　死神唇边
　　　　的笑。②

"残叶""溅血""死亡"这些意象的出现,都带有某种神秘的、宿命的意味,隐隐约约地暗示了某种普遍性的存在。这些暂时的、局部的象征,体现出一种似是而非的、若隐若现的总体性特征。

"在一个仪式逐渐解体和荒诞化的时代,文学的象征以弱化的形式继续承担着神化和仪式的功能,并以此维系着精神的(尽管是溃散性的)传递与延续。现代象征仍然以启示的方式艰难地支撑着一个破碎的统一体。它像一种半透明的物体,我们透过它模糊而遥远地凝视着语言背后逐渐远去的存在。中国古代思想的精髓是'天人合一'。

---

① 查尔斯·查德维克.象征主义[M].肖聿,译.太原北岳文艺出版社,1989:47.
② 吕进.新诗三百首[M].石家庄:河北人民出版社,1996:76.

其实,'天人合一'也就是一切象征的最理想的境界。在现代,'天'和'人'矛盾重重,各据一方,合一已经成为一个不切实际的荒诞的梦想,但是对这个梦想的渴望却比什么时代都要强烈。"①

---

① 严锋著.现代话语[M].济南:山东友谊出版社,1997:18.

第五章　现代诗歌语言的突出表征

第三节　现代诗歌语言的隐秘性

有时我们觉得语言是透明的,它让我们能够看见彼此的思想。但有时语言又是不透明的,无法让别人窥见表达者的内心。我们有时试图用语言拉近人与人、心与心之间的距离,但是如果不够亲近又怕疏远,如果没有距离又怕不够恭敬。"近之则不逊,远之则怨。"于是我们在使用语言时,常常感到不知所措。其实说穿了,语言就是双刃剑,一方面试图表达,一方面阻碍表达;一方面需要靠近,一方面需要距离。所以诗歌的语言,就是在亲近里制造距离,也是在明朗里制造隐秘。语言的隐秘性就在于,它可以这样解释,也可以那样解释。所以诗歌的语言,不具有沟通性时,才具有沟通的可能。因为语言通往每个心灵的路径不同,不再以常人习惯的模式出现,而是承载着不同的经历与思想、感觉和感情,这样才显示出诗歌语言的本质特性。懂的就能看懂,不懂的永远不懂。

隐喻是现代诗歌的重要手法之一。诗歌靠隐喻来深化主题,也靠隐喻来隐藏自己,从而发挥语言的无限张力。我们熟悉的一个隐喻就是柏拉图的"洞穴隐喻"。柏拉图认为,人类自以为掌握了真知,其实看到的不过是幻影,就像住在洞穴里的人们,只能看见火光映照的阴影。这个隐喻说明了人类认知世界的局限性。人类如同洞穴生物,或者如同井底之蛙,窥见到的世界,只是心灵的幻影,并不是世界本身。

这就是人类永恒的困境。后来在波德莱尔笔下的"恶",也出现了一个形象代言人——那就是"黑妇人"。这个"黑妇人"是法国文学中经常出现的恶魔,因此"黑妇人"的出现就隐喻着淫荡和罪恶。我们也熟悉艾略特的"荒原隐喻"。在《荒原》中艾略特写道:

Dayadhvam:我听见那钥匙
在门里转动了一次,只转动一次
我们想到这把钥匙,各人在自己的监狱里
想着这把钥匙,各人守着一座监狱

钥匙转动一次的重复,暗示着永久的监禁。艾略特关注的是人类如何能逃离自我的牢笼,去理解外面的世界。我们想到的那把钥匙,不仅是关闭的钥匙,更是开启与释放的钥匙。

因此,我们无论是听人说话,还是读诗品文,都要注意说了什么,没说什么;写了什么,没写什么;然后再去思考,获得了什么。诗的解读是无限的。比如李商隐的《无题》诗,你可以想象成情景剧,想象成人物对话。而他的《锦瑟》诗据说有十八解,也许是我们的误读,也许远远不止这些。

在现代派诗人中,卞之琳的现代诗,深得古典诗神韵。擅长用极简单、极明白的话,写极复杂、极不明白的东西。在卞之琳的诗歌中,很少有对于情绪或情感的直接言说,而是不动声色地描写寒夜、荒街、苦雨等静默的意象,把真正的情绪隐藏在语言背后。因此,我们读诗就在于领悟诗中的隐喻,这是读懂现代诗的关键。同样,我们写诗也必须创造自己的隐喻。在自己的头脑中,创造一个似是而非的形象,在他的身上寄予某种意义。这样写出的现代诗,就会从具象之美走向抽象之美,也就有了更深的意味。

由于人生经历和知识结构不同,我们对诗歌的理解也因人而异。诗人对于自己的诗,常常也是不可说的。一旦能够说出来,也就不成为诗了。因此卞之琳说:"但我自己以为更妥当的解释,应为——应为什么呢?算是'心得'吧,'道'吧,'知'吧,'悟'吧,"至于'宝盒'为什么'圆'呢?我以为'圆'是最完整的形象,最基本的形象。然而,我写这首诗到底不过是直觉的展出具体而流动的美感,不应解释得这样'死',我以为纯粹的诗只许'意会',可以'言传'则近于散文了。"①

综上所述,我们可以看出,由于现代人所处的时代不同,思考问题的方式不同,经历的情感体验不同,面临的困境当然不同,使用的口语更是不同……这种种的不同折射到诗歌创作中,使得现代诗歌语言显示出与古典诗歌语言以及西方诗歌语言不同的现代性表征。

---

① 卞之琳.关于〈鱼目集〉[M]//天津大公报·文艺,1936-5-10.

第六章
中国现代诗歌语言"现代性"再思考

中国现代诗歌语言的"现代性"研究,仍然是现代诗学研究的重要组成部分。以往的研究者在谈到"现代性"的时候,更多地关注主题的"现代性"与题材的"现代性",诗歌作为一种语言艺术,语言的"现代性"尤为重要。现代汉语"现代性"的具体表征被有的学者概括为五个方面:一是汉字由繁体字变为简体字,是汉语为适应现代生活的表达需要而采取的一个重要的和有效的步骤;二是汉语书写格式从竖排右起改为横排左起,标志着汉语书写格式与现代世界通行书写格式统一;三是汉语表述从无标点到有标点,从不分段到分段,获得了现代语言所需要的逻辑性与精确性;四是汉语语法从古代的文法到现代的"葛郎玛",建立起汉语的现代语法体系;五是大量引用外来语,仿造或新造新词,满足了现代生活的交往需求[①]。其实,从古代汉语到现代汉语,最主要的区别在于,语言的重心从书写的语言转向了口头的语言,

---

[①] 王一川.汉语形象与现代性情结[M].北京:首都师范大学出版社,2001,12.

第六章 中国现代诗歌语言"现代性"再思考

从审美的语言转向了实用的语言,这才是现代汉语现代性的基础所在①。

"现代性"在诗歌中不再只表现为题材和主题,而是涉及到人生活的全部丰富性和复杂性,以及作为符号系统存在的现代汉语特殊的诗歌语言方式。20世纪80年代的朦胧诗派提出了"回到诗歌本身",扮演了思想解放和艺术革新的双重角色。第三代诗人(所谓第三代诗人是相对于1949—1976年间的第一代及朦胧诗为代表的第二代诗人所界定的概念,泛指以朦胧诗以后到90年代这段时间出现的一批诗人)的口号则是"诗到语言为止",进一步强化了对诗歌语言的重视。到了20世纪90年代,无论是"知识分子写作"还是"民间写作",诗人和学者关心的问题,不再是其他问题,而是语言问题。与此同时,诗歌"现代性"的概念还在不断发展,语言、现代汉诗成为诗歌理论批评的关键词。王光明把20世纪90年代诗歌称为"打开语言大门的'容留的诗歌'"②,臧棣认为"现代诗歌的写作永远是一场语言革命"③。一旦把文学的基础建立在语言之上,才会真正摆脱工具论的语言观,使诗歌真正成为语言的艺术。语言不是工具,而是诗歌本身。

中国现代诗歌"本体"研究的核心是诗歌语言。近年来关于中国现代诗歌语言的研究,主要集中在白话与文言、自由与格律等命题上。

---

① 周晓风.现代汉语与现代新诗[M]//现代汉诗:反思与求索.北京:作家出版社,1998:231.

② 王光明.个体承担的诗歌[A]//中国诗歌——90年代备忘录[M].北京:人民文学出版社,2000:250.

③ 臧棣.后朦胧诗:作为一种写作的诗歌[M]//中国诗歌——90年代备忘录.北京:人民文学出版社,2000:212.

一向致力于新诗语言探究的叶维廉,就认为"在新诗的历史场合里,我们的语言还有很多特殊的问题",其关键在于"应用白话作为诗的语言时,应该怎样把文言的好处化入白话里"[①],隐隐透出对诗歌语言状况的担忧。

20世纪70年代末80年代初出现的"朦胧诗",出于对诗歌语言板结和僵化的反拨,重新发掘蕴藏在现代汉语自身的魅力,诗歌语言作为经久不衰的话题被提及,诗歌语言的更新成为诗歌潮流嬗变的标志。"朦胧诗"注重语言的暗示性、模糊性和多义性,通过意象的叠加和构筑整体象征来折射诗意,以不规则的、跳跃的句式代替缺乏动感的诗行,从而对诗歌语言与形式进行了较为全面的更新。在"朦胧诗"之后,语言意识进一步苏醒,诗人们越来越专注于语言实验,在一些颇具声势的实验中,事实上陷入了两种困境:一种是精致、纯粹的语言所营造的自成一体的空间,诗人看不到来自外部世界的光线,坠入了语言快感或狂欢的自溺中;另一种是"以口语入诗"的极端语言行动,要求诗语与口语一致,则完全失去了诗味与美感。

在现代诗歌的发展进程中,对诗歌语言的研究作出开拓性贡献的是"新批评派"。特别是瑞恰慈在雅各布森之后,把科学语言与诗歌语言作了区分,认为科学语言是标示性语言,作为语言符号确切地代表着什么,因此具有反映真理的可能。而诗歌语言则是情感性的语言,作为语言符号并不确切代表什么,只有引起某种特定情绪的作用。因此必须把诗歌语言作为一种特殊语言,与科学语言区分开来。很多批评家以瑞恰慈的理论为出发点,对诗歌语言的特殊性作了深入的研究

---

① 叶维廉.中国诗学:增订版[M].合肥:黄山书社,2016:280.

第六章 中国现代诗歌语言"现代性"再思考

和阐释。比如:燕卜荪的"含混"说(《含混的七种形态》),布鲁克斯的"反讽"论(《反讽:一种结构原则》),泰特的"语言张力"(《论诗的张力》),布拉克墨尔的"语言即姿势"(《语言即姿势》),认为一首诗的语言表达得最为成功的时候,就脱离语义成为象征性的姿势了。所有这些研究都把诗歌视为一种特殊语言,这种"特殊"就是诗歌语言意义的不确定性。另一方面,语言本身的发展,导致了歧义的产生以及意义的不确定。人类学家研究发现:越是原始的民族,语言越是简单,意义也越明确;文明程度高的民族的语言则恰恰相反。一般的语言是这样,更何况是诗歌语言,更是"一片不确定的森林"。一些诗人之所以把诗歌语言等同于科学语言,注意了语言意义确定的一面,从而致使诗歌语言僵化。诗歌语言的更新,已经刻不容缓了。

写作现代诗歌的诗人们,经常会探讨诗应该怎样写、诗的本质是什么。这仍要归因于诗歌本身的特性,即它是一种语言的艺术,要在有限的篇幅内尽可能多地传达出丰富的信息,这一事实本身就蕴含着强烈的诗意。所以说每一位大诗人都是一位思想家。诗歌作为一种语言艺术,与绘画、雕塑、建筑等造型艺术依赖的空间不同。"时间"是它潜在的永恒主题,其中也包括了时间的变形,比如历史的变迁、自然的嬗变、人世的悲欢,等等。许多诗人都以不同的"音质"和"音高"对时间作了出色的回应,传统的诗歌倾向于使用典雅的语言,现代诗基本上不再使用"不接地气"的语言了,而代之以日常用语乃至口语,它不求渲染、夸饰,更注重语言的表现力,还有语言的精准和精确。诗歌的本质是抒发情感。但是许多现代诗人不同程度地抛弃或削弱了直白的线性抒情,而代之以内省式的隐秘抒情或复调抒情。他们实现节制抒情的手段很丰富，既可以缩减主观抒情的篇幅和比重，也可以让抒情主体隐身或转移，在诗歌中强调抒情的客观化，引入叙事、戏剧等手法。现代诗关注纠结的现代人，探询现代人的精神世界，为现代人提供精神慰藉。因此个体与世界相遇时，感受到的荒谬、孤独与疏离，就成为现代诗常见的主题。

第六章 中国现代诗歌语言"现代性"再思考

第一节 中国现代诗歌语言的"现代"转型

鲁迅曾说过:"我以为一切好诗,到唐朝已被做完,此后倘非翻出如来掌心之'齐天大圣'大可不必再动手了。"①这并不是说唐朝以后就没好诗了,而是后来的人如果写诗,先读唐诗是很有必要的。唐诗代表了中国诗歌的最高成就,很多人提及"中国诗歌",首先想到的是中国古典诗歌,即自《诗经》以来延续了几千年的"文言"诗歌,二十世纪之初五四新文化运动中产生的"白话"新诗,并不能纳入"中国诗歌"的范围之内,只能称之为"中国现代诗歌"或"中国新诗"。

"中国现代诗歌"或"中国新诗",不仅是五四新文学运动的必然结果,而且昭示了其尴尬的悲剧性命运。"中国现代诗歌"从"中国诗歌"中分蘖出来,"中国新诗"由"旧"变"新",经历了并继续经历着巨大的阵痛,因为它在诞生之际,就遭遇了不同寻常的历史变迁,伴随着现代文学转型的始终。新诗与语言更为复杂的关系和更为纤细的神经,使它在挣脱母体时付出的代价和承受的痛苦更多。时至今日,"中国现代诗歌"的转型仍处在阵痛期,严格意义上的"中国新诗"写作还没有到来。

以反对文言、倡导白话为主要内容的五四新文学运动,基本上是一场声势浩大的语言革命,规定并影响着作为实验阵地之一的新诗趋

---

① 佟培基.中国古典文学论考[M].郑州:河南大学出版社,1998:441.

向。新诗最初是被当作新语言("白话")与旧语言("文言")决绝的重要手段。一方面新诗对于新的语言方式的建立与巩固有着特殊意义,肩负着语言转型的重大使命;另一方面,由于现代中国复杂的历史遭遇,语言革命和文化变革汇合在一起,汹涌的潮流冲刷着人们的思想观念、语言意识以及文学形态,新诗也被裹挟着朝着它本不该发展的方向前进。语言转型的不彻底和未完成状态,为新诗运用语言留下了粗糙、仓促的祸根,新诗致命的内在困难是语言("白话")自身的困难,从而导致了思与言的分裂,诗与非诗因素的冲突,新诗与旧诗抢夺生存权利等一系列问题。

鲁迅作为新文化的倡导者,开始是认同将新诗当作语言变革的手段的。虽然他一再强调自己对于新诗是外行,其实是不喜欢做新诗的,但他还是身体力行,为草创期的新诗坛供奉了几首"全然摆脱了旧镣铐"(朱自清语)的别致的作品。鲁迅深知语言变革对于文化变革的重要性,他希望运用"新语言"(白话)的新诗,一扫旧诗陈腐的表达方式和老气横秋的格调,获得新时代的新境界,因此他极力倡导白话。新诗有助于新语言确立是一回事,自身的形式建设是另一回事。鲁迅已经意识到新诗形式方面的问题,他认为"新诗先要有节调","没有节调,没有韵,它唱不来,唱不来就记不住,记不住,就不能在人们的脑子里将旧诗挤出,占了它的地位"[①]。同时他又指出,诗须有形式,要易记,易懂,易唱,动听,但格式不要太严。要有韵,但不必依旧韵,只要顺口就好。这显然是一种灵活的辩证的形式观。鲁迅对新诗语言、形

---

① 鲁迅.致窦隐夫[M]//鲁迅.鲁迅全集:第12卷.北京:人民文学出版社,1981:556.

第六章　中国现代诗歌语言"现代性"再思考

式建设的论述,指出了新诗向前推进过程中存在的致命问题,意识到了新诗的语言变革和形式建设必然遭遇的困难。

回顾中国现代诗歌发展的历程,从黄遵宪的"我手写我口"到胡适的"话怎么说就怎么写",最初的尝试者们力图打破旧诗格律的束缚,寻求诗体的彻底解放,却忽略了音韵、节调等古典诗学问题的转化,长期受韵、调、顿等形式规范的中国新诗,由于一下子步子迈得太大,跌入了散漫无边的空茫境地。正如俞平伯指出的:"白话诗的难处,正在他的自由上面。"①为约束新诗的泛滥无形,"新月派"代表人物闻一多倡导"新格律诗",提出新诗的"三美"原则,从"音乐、绘画、建筑"等外在形式重新去规范新诗,结果写出的大多是整齐的"方块诗",似乎有再次落入旧诗窠臼的危险。闻一多的"三美"原则无疑在一定程度上起着框正新诗的作用,但其弊端仍然显而易见:"把诗写得很整齐……但是读时仍无相当的抑扬顿挫。"②而"抑扬顿挫"不仅是诗的外在形式,而且应该成为新诗的内在要求。戴望舒的著名观点是:"诗的韵律不在字的抑扬顿挫上,而在诗的情绪的抑扬顿挫上,即在诗情的程度上。"③这样就将新诗的"外形式"与"内形式"区别开来。

新诗的内外之别暗含着思与言的分裂状态,这种分裂即是白话"后遗症"的表征之一。在象征派诗人李金发那里,思与言的分裂尤为突出。李金发将某种异域的诗歌形式带入本土,是为了补充不成熟的新诗形式,但是他没有料到的是,西方的表达(话语)方式和母语的运

---

① 中国作家协会诗刊社. 中国新诗百年志·理论卷:上卷[M]. 北京:中国工人出版社,2017:22.
② 杨迅文. 梁实秋文集:第6卷[M]. 厦门:鹭江出版社,2002:530.
③ 戴望舒. 戴望舒诗全集[M]. 成都:四川人民出版社,2018:139.

用根本无法融合。当他用尚稚嫩的白话写作,在诗里文白相加、中西杂陈,这就已经背离了新诗生成的根基。与其说李金发中了"欧化"的毒,不如说是他吞噬了汉语转型未完成的苦果。李金发的典型性显示了新诗人的难言之隐:用稚嫩的白话无法言说,回到"文言"又万万不可,"欧化"的语言难以消化吸收,最终陷入困顿就是可想而知的了。不过越过表象的"中西融合",戴望舒、卞之琳、冯至、郑敏、穆旦等人进行了较为成功的探索,为寻求在新诗中平衡中西、古今做出了可贵的贡献。

第二节 白话新诗的"非诗"倾向与"纯诗"追求

白话新诗源自于白话文运动,用白话做的诗谓之新诗。胡适《尝试集》里的不少篇章,都是用旧体诗框架掺进现代白话文,但是未能完全摆脱旧体诗的窠臼。胡适后来也承认:"我现在回头看我这五年来的诗,很像一个缠过脚后放大了的人回头看他一年一年的放脚鞋样,虽然一年放大一年,年年的鞋样上总还带着缠脚时代的血腥气。"① 这种现象并不奇怪,也并非胡适一人如此。刘半农、刘大白、沈尹默、沈玄庐、俞平伯、康白情等人的白话新诗,都有这种蜕旧变新的痕迹。胡适认为初期白话诗人,"除了会稽周氏兄弟外,大都是从旧体诗、词、曲里脱胎出来的"。② 他认为沈尹默的新诗是从古乐府化来的;傅斯年、俞平伯、康白情的新诗也都带着词曲的意味,可以说是"词化了的新诗"。朱自清评述《冬夜》有"十余种相异的风格",但基本的特征仍然是形式上的新旧过渡,表现为在欧化文法中杂糅着旧诗词格律的痕迹和"融旧诗的音节入白话"。③ 卞之琳说早期白话诗人"写旧诗词,是卓

---

① 胡适.(尝试集)四版(自序)[M]//胡适学术文集・新文学运动.北京:中华书局,1993:418.
② 胡适.谈新诗[M]//胡适学术文集・新文学运动.北京:中华书局,1993:390.
③ 朱自清.冬夜・序[M]//朱自清全集:第4卷.南京:江苏教育出版社,1990:50.

然老手,写白话诗,就不免稚气"①。"这些先行者,实际上都不懂西诗是怎样写的,写起白话诗来基本上都不脱诗、词、曲的窠臼。"②冯文炳也说:"我们这回的白话诗运动,算是进一步用白话作诗不作旧诗了,然而骨子里还是旧诗,作出来的是白话长短调,是白话韵文。"③

由此可见,白话新诗诞生后,还带着古诗味道,有的还十分浓厚,相当缺乏现代新诗的审美品格。在新文学对人们的审美眼光进行再造之初,人们感受着白话新工具和自由体新形式,为诗歌拓出新天地的历史性的喜悦,而新诗人又苦于不能爽利地挣脱浸润已久的旧诗词的影响,说明要"给诗找一种新语言,决非容易,况且旧势力也太大,多数作者急切里无法甩掉旧诗词的调子"④。

中国新诗先驱者们都从旧营垒来,都有很高的古典诗词修养,既是他们的精神财富,又是一种文化包袱。作为一种文化包袱,的确阻碍了诗歌革新,束缚了诗体的解放,但在后来的新诗发展中,它又作为精神财富,得到了"创造性的转化",成为诗体解放后寻求发展的积极因素。这种文化的正负效应,与一定的历史条件相关联。因此新诗开拓者们保持着清醒的头脑:一是坚信白话新诗不仅革新了诗歌语言工具,而且提出了一个新的作诗的方向;二是坚信白话新诗改变的不仅是语言,还有传统的诗学观念;三是坚信白话新诗不仅是时代的产物,而且显示了新的诗歌艺术的可能性;四是确信打破旧诗镣铐,采用白话自由体诗,并非只是来自外部的影响,也是解决自身存在弊病的必

---

① 卞之琳. 新诗与西方诗[J]. 诗探索,1981(4).
② 卞之琳. 徐志摩诗重读志感[J]. 诗刊,1979(9).
③ 冯文炳. 谈新诗·《小河》及其他[M]. 北京:人民文学出版社,1984:84.
④ 朱自清. 中国新文学大系·诗集·导言[Z]. 上海:上海书店影印,1982:351.

第六章 中国现代诗歌语言"现代性"再思考

然趋势。他们认为白话新诗只能建立在超越古典诗歌的层次上,价值应该表现在对古典诗学理想的挣脱,而进入"陌生"的艺术境界,自然也就意味着它并没有走出传统诗学的怪圈。

胡适在《尝试集》的再版自序中说:"我做白话诗,比较的可算最早,但是我的诗变化最迟缓。"即是说花样不多,诗体解放得不够彻底。他认为创作《尝试集》就是"但开风气不为师"。他在给徐志摩的信中说:"只有不断地试验,才可以给中国的新诗开无数的新路,创无数的新形式,建立无数的新风格。若抛弃了这点试验的态度,稍有一得,便自命为'创作',那是自己画地为牢,我们可以断定这种人不会有多大前途。"①正是这种敢于"试验",敢于创造的精神,使中国新诗没有"画地为牢"。如果没有胡适等新诗开拓者们"以数年之力,实地练习之",顺应了"新潮之来不可止,文学革命其时矣"的需要,那么白话新诗运动也不会如雷鸣谷应,云流风行;同时白话新诗运动如果没有胡适、鲁迅、刘半农、刘大白、康白情、俞平伯等人做先锋,诗歌革命恐怕同黄遵宪、梁启超的"诗界革命"一样的革不了旧诗的命。

在白话新诗走向发展和成熟的过程中,可以看到新诗人们对五四白话新诗的承传与变异、矫正与反叛的种种回应,种种联系与沟通。事实上,在白话新诗基本站稳脚跟之后,新诗人们很快就开始了新的观念层次上的各种"诗化"试验:在诗的创作方法上,以浪漫派强化的激情和象征派朦胧的诗意,排挤了"理智"的过于触目和情感的过于稀释;在诗的要素变化上,出现了郭沫若、闻一多"想象"的大胆与奇特,

---

① 中国社科院近代史所.胡适档案:资料 1370 号[A].北京:中国社科院近代史所,1979.

李金发、戴望舒"比喻"的艰涩、怪异与亲切、含蓄,改变了语言表达的单调与浅露;在诗体形态上,既有郭沫若等人的极端奔放,也有闻一多等人的极端严谨,既有李金发等人的过分别致,也有戴望舒等人的自由与谨严的调和,改变了诗体形式贫弱的状况……这种对"五四""诗体大解放"偏向的矫正和对五四诗歌革命精神的张扬,使新诗始终处于流变和运动之中,不断地开出新路,创出新形式、新境界。

刘半农在1932年为《初期白话诗稿》作序,指出初期白话诗已经变成了"古董"。梁宗岱也在20世纪30年代写的《新诗底十字路口》中说:"虽然新诗运动距离最后的成功还很远,在这短短的十几年间已经有了惊人的发展却是不容掩没的事实。如果我们平心静气地回顾与反省,如果我们不为'新诗'两字底表面意义所迷惑,我们将发现现在诗坛一般作品——以及这些作品所代表的理论(意识的或非意识的)所隐含的趋势——不独和初期作品底主张分道扬镳,简直刚刚相背而驰:我们底新诗,在这短短的期间,已经和传说中的流萤般认不出它腐草底前身了。"他还说:"这只是一切过渡时期底自然的现象和必经的历程。"①

白话新诗运动由于只注重语言的更新,不考虑诗歌本身的审美特征,使白话新诗的"非诗"倾向越来越严重,创作出版了《冬夜》的俞平伯,在《社会上对于新诗的各种心理观》中,谈到白话诗"工具的缺点"和"用工具的人的笨拙",认为白话诗的难处"不在白话上面,是在诗上面",对初期白话诗所存在的"非诗化"倾向相当清醒而敏感。后来梁实秋也说:"经过了许多时间,我们才渐渐觉醒,诗先要是诗,然后才能

---

① 梁宗岱.诗与真二集·新诗底十字路口[M].北京:外国文学出版社,1984:167.

第六章 中国现代诗歌语言"现代性"再思考

谈到什么白话不白话,可是什么是诗这个问题在七八年前没有多少人讨论。偌大一个新诗运动,诗是什么的问题竟没有多少讨论,而只见无量数的诗人在报章杂志上发表不知多少首诗,——这不是奇怪么?这原因在哪里?我以为就在:新诗运动的起来,侧重白话一方面,而未曾注意到诗的艺术和原理一方面。一般写诗的人以打破旧诗的范围为唯一职志,提起笔来固然无拘无束,但是什么标准都没有,结果是散漫无纪。"①梁实秋的话虽然说得有点过分,但他对白话诗"未曾注意到诗的艺术"的批评是中肯的。

  白话新诗作为古典旧诗的直接对立物,冲击文言文的气概和追求进步潮流的姿态,有其存在的合理性和发展的必然性。但由于白话诗人更多地注意了形式,而对诗的特质及艺术原理缺乏认识,因而功绩与失误相伴而生。梁宗岱在他的诗歌论集《诗与真》中指出:白话新诗语言工具的浅易化、现代化,的确恢复了诗的新鲜与活力,但同时却逼得我们不能不承认所谓现代语,也许可以绰有余裕地描画某种题材,或惟妙惟肖地摹写某种口吻,如果要完全胜任文学表现的工具,要充分应付那包罗了变幻多端的人生,纷纭万象的宇宙的文学底意境和情绪,非经过一番探检、洗练、补充和改善不可。梁宗岱《诗与真》所谓"探检、洗练、补充和改善"工作,就是诗的艺术性的必不可少的途径。同时,每个诗人不但要把纯粹的现代语,即最赤裸的白话,当作诗歌表现的工具,而且还要创造他自己的文字——能够充分表现他的个性,他的特殊的感觉、特殊的观察、特殊的内心。"生活的文字,因为一个诗人所描写的不是客观的事实本体,而是经过他底精神浸润或选择的

---

① 梁实秋.新诗的格调及其他[J].诗刊:创刊号,1931.

事实意识——这事实意识是因人因时而变的——姑无论他底思想的起伏、纡回,深入或浅出有一定的曲线,因而表现这事实与思想的文字亦不能不随而变易流转——就是每个字,每个字底音与形,不也在每个作家底内心发生特殊的回声与阴影么?经过了特殊的组织与安排,可不呈现新的面目,启示新的意义么?"①

这种"特殊的组织与安排",就是诗的艺术性的手段。但初期白话诗人对诗的艺术性极少注意,而是奉行"有什么话,说什么话,该怎么说,就怎么说",即"做诗如作文"的原则,让自然的生活不加诗化地表现在诗里,让自然的生活语言不加选择地入诗。不少初期白话诗人不顾一切,痛痛快快、毫无顾忌地写诗,自由自在地唱他们的歌,完全用散文的语言写诗,模糊了诗和文的界限,忽视了诗本身的特征,把写白话诗当作空口说白话,这种"言语任性病"就成为了白话诗的通病。周作人这样谈到他的《小河》:"有人问我,这诗是什么体,连自己也答不出⋯⋯或者算不得诗,也未可知,但这是没有什么关系的。"②即如俞平伯所说,"是诗不是诗,这都和我的本意无关"。诗体的大解放是不错的,但如果在解放中丢了诗之体,脱离了诗这个基点,就走向了另一种极端。

对白话新诗存在的种种弊端,许多诗歌理论家进行了批评。梁宗岱指出:"所谓有什么话说什么话,——不仅是反旧诗的,简直是反诗的;不仅是对于旧诗和旧诗体底流弊之洗刷和革除,简直是把一切纯

---

① 梁宗岱著.诗与真[M].卫建民,校注.北京:中央编译出版社,2006:63—64.
② 周作人.小河·前记[J].新青年,1919,6(2).

第六章 中国现代诗歌语言"现代性"再思考

粹永久的诗底真元全盘误解与抹煞了。"①梁实秋也一针见血指出:"自白话入诗以来,诗人大半走错了路,只顾白话之为白话,遂忘了诗之所以为诗,收入了白话,放走了诗魂。"②闻一多在《〈冬夜〉评论》中激动地说:"不幸的诗神啊!他们争道替你解放……谁知在打破枷锁镣铐时,他们竟连你的灵魂也一齐打破了呢!不论有意无意,他们总是罪大恶极啊!"俞平伯说,"白话诗的难处,正在他的自由上面",因为"他是赤裸裸的",使诗流于"空口说白话"而缺乏"诗美"。③ 表达了对白话新诗"非诗化"的不满,以及对新诗艺术性的追求。

西方现代主义诗人从波德莱尔到魏尔伦,再到马拉美、瓦雷里,都以对"纯诗"的倡导来强调诗的独立性。波德莱尔指出:"如果诗人追求一种道德目的,他就减弱了诗的力量……诗不能等于科学和道德,否则诗就会衰退和死亡。"④瓦雷里也认为,"纯诗"与散文完全不同,"任何散文的东西都不再与之沾边"⑤西方现代主义诗人倡导纯诗论的意图,是要为诗的领域划定界限,确立诗学领域的有效原则,点燃了中国现代诗人突破"载道"诗学传统的火花,激发了他们建构现代诗学的激情,认为只有在西方诗人构建的纯诗王国里,诗的本体意义才能得到充分的敞开。为此,李金发等象征派诗人发出了"艺术独立"的呐

---

① 梁宗岱.诗与真二集·新诗的纷歧路口[M].北京:外国文学出版社,1984:167.
② 梁实秋.读《诗的进化的还原论》[J].晨报副刊.1922年5月27日.
③ 俞平伯.社会上对于新诗的各种心理观[J].新潮.1919,2(1)
④ 波德莱尔.论泰奥菲尔·戈蒂耶[M]//象征主义·意象派.北京:中国人民大学出版社,1989:5.
⑤ 瓦雷里.论纯诗:之一[M]//瓦雷里诗歌全集.北京:中国文学出版社,1996:310.

喊，要求改变诗对政治与道德的依附，李金发宣称："艺术是不顾道德，也与社会不是共同的世界。艺术上唯一的目的，就是创造美。"①穆木天则在《谭诗》中明确提出了"纯粹诗歌"的理论主张。

　　五四白话新诗的出现，虽体现了思想解放与时代的进步，而其缺陷又是那样触目惊心地存在着，但它毕竟不失为中国诗史上一次破天荒的革命，它开创了中国诗歌发展的新纪元，为中国新诗的繁荣和发展开了先河。

---

① 李金发.烈火[J].美育.1928(1).

第六章 中国现代诗歌语言"现代性"再思考

第三节 中国现代诗歌语言
对西方"话语"的吸收

很多现代诗歌研究者与评论者,试图从"话语"的角度进入现代诗歌研究,并在此基础上建构崭新的现代汉语诗学,也是具有一定难度和风险的。因为"话语"是一个耳熟能详的语词,几乎每个人每天都在运用它,就像海德格尔的"存在"一样,既独一无二又无处不在。人们天天在运用它,似乎对它了然于心,一旦用心去探究,要么一无所知,要么含糊不清。

自20世纪60年代起,西方语言学、修辞学、美学、文学理论频频启用"话语"后,一方面凸现了"话语"的重要性,另一方面也由于界说的分歧,导致了"话语"使用上的混乱。按照通常的理解,"话语"(discourse)就是指日常生活语言,涵盖长篇演说、只言片语,甚至呓语。语言学家则把话语严格定义为长于句子的语言单位,既可以是一个语段,也可以是一个语篇,但往往形成某种应对关系。作为一种特殊的语言单位,"话语"具有介于语言和言语之间的双重特性:既保留了语言的规范性、稳固性,又吸收了言语的灵活性、变化性。

在西方文艺理论家,比如福柯(M. Foucault)那里,"话语"具有本体论地位:人类的一切获得都必须以"话语"为手段,任何脱离"话语"的东西都是不可思议的,人与世界的关系就是一种"话语"关系。"话语"昭示了人的生存方式。文论家巴赫金(M. Bakhtin)则认为,"话语"即"说者(作者)、听众(读者)和被议论者或事件(主角)这三者的相互作用的表现和产物",也就是说,任何"话语"都具备三个最基本的要素:言说者、言说行为(媒质及内容)和言说的倾听者。任何话语都不是"自给自足"的,而是一种"社会事件","它产生于非语言的生活情景中并与它保持着最紧密的联系",这种"非语言的生活情景"就是"语境"(context)。

由此可见,"话语"是一种广泛意义上的言说,包含着言说者、言说行为以及背景(语境),既有发送者,又有接收者。正如巴赫金所说:"话语的涵义完全是由它的上下文语境决定的。其实,有多少个使用该话语的语境,它就有多少个意义。"①因此在"话语"的要素中,相当关键的要素便是"语境"。任何"话语"的产生和接受,都离不开一定的"语境",包括"话语"得以形成、"话语"意义得以显现的一切有形或无形、存在或隐蔽的相关物,为"话语"的存在提供了深远的背景。

诗歌也是一种"话语",本质上是一种诗性"话语":是以特别的语词样式,即诗歌的本文结构所呈现出来的言说。渗透着言说者(诗人)的精神气质,体现着言说者(诗人)与现实世界的关系,即诗人与现实世界通过本文进行对话。就中国现代诗歌语言而言,既然是一种特殊的言说,那么有必要追问的首先是:是什么给先天不足的白话语言注入了诗性营养?毋庸置疑的重要来源之一是欧化。新诗理论与创作中的一个明显现象,就是在语言运用中向西方语言借鉴。因此穆木天

---

① 巴赫金.巴赫金全集:第二卷[M].李辉凡,译.石家庄:河北教育出版社,1998:428.

第六章　中国现代诗歌语言"现代性"再思考

提出"先得找一种诗的思维术,一个诗的逻辑学";戴望舒则认为"新诗最重要的是诗情上的 Nuance,而不是字句上的 Nuance",以及袁可嘉的"新诗戏剧化"等等新诗观念,无一不是受到了西方诗学理论的影响。

而从新诗的创作实践来说,音节划分的尝试,跨行诗句的出现,倒置的语式句法等等,都体现了欧化语言及西方诗学的浸染。20 世纪中国新诗发展史,昭示了一个不可回避的事实:白话新诗及现代汉语诞生于中西方文化的交融,如何越过欧化与本土化对立的二元思维,获得全新的中国新诗语言的资源,有待于人们进一步实践和探索。

第四节　中国现代诗歌语言质地：
古代汉语与现代汉语的张力

在中国现代诗歌的理论与实践探索中，形成了一个经久不衰的话题：古代汉语与现代汉语所形成的现实张力，以及二者无处不在的张力关系，对新诗语言质地的生成造成的影响。

自 20 世纪 90 年代初以来，九叶诗人郑敏清算了现代汉语的资源，再次将文言与白话的对立挑明，唤醒了对二者关系的重新思考。事实上汉语从最根本的质地来说，具有一种自足完整的语言形态。古代汉语和现代汉语作为两种语言样态，两者之间区分及其对立情形的出现，一方面与现代社会转变的文化诉求有关，另一方面也为诗歌的转型提供了契机。郑敏在其引起强烈反响的长文《世纪末的回顾：汉语语言变革与中国新诗创作》中，以大量篇幅追溯了现代汉语变迁历程及其得失后，试图在理论上检讨五四白话文运动所造成的汉语"断裂"所带来的种种负面影响，最终目的是要重新厘定古代汉语的历史位置。郑敏充满疑虑地问道："古典汉语在中华文化中究竟占什么地位？作为民族母语的文言文对今天的汉语有没有影响？在古典文学与白话文学中有没有继承问题？从今天语言理论的高度来看'五四'时代所提的要从中华语言中完全抹去古典汉语、文言文的说法是否合

第六章 中国现代诗歌语言"现代性"再思考

乎语言本身的性质和规律?"①显然,郑敏是为了重申古代汉语——文言的优越性:作为语言的一种特殊形式,汉语文言文在语法之灵活、信息量之超常、文本间内容的异常丰富、隐喻与感性象形的突出诸方面,都证明其是一种十分优越的语言形式。古代汉语简约而富有弹性的语词,自由随意的句式、蕴藉含蓄的语义风格,充满动感和暗喻性的象形文字,使得古代汉语无论是从词汇组合,还是到章句构型,都符合汉民族人文和思维的特点。所有这些特点,足以使之更接近一般意义上的诗,更易于成为诗歌的语言材料。

这些论述体现了相当一部分人对古代汉语和现代汉语的态度,也暗合了 20 世纪 80 年代中期有关"汉语人文性"的讨论。比如申小龙在论述中国语言(即古代汉语)时认为,古代汉语"以意统形,心凝形释,削尽繁冗,辞约义丰",其"词汇的以声象意为汉语诗歌音律形象的塑造提供了富有表现力的材料","古典诗歌在艺术地营造意象的同时,充分开掘词意的象征功能,使诗歌语言出神入化,动人心弦,音随意转,跌宕起伏"②。事实上,这些特点正是千百年来无数文士交口称赞,直至严复、林纾等人引以为豪的古代汉语和古典诗词的魅力所在。

不过,问题的关键并不在于挖掘和评价古代汉语及古典诗歌的特点:一方面,古代汉语的优越性确实显著;另一方面,古代汉语也并非十全十美。黑格尔就认为汉语是"有缺陷的书面文字的范例",因为"正是这种外在的语言形式用它那不透明的外在性遮蔽了声音,遮蔽

---

① 郑敏.结构—解构视角:语言·文化·评论[M].北京:清华大学出版社,1998:94.
② 程然.语文符号学导论[M].苏州:苏州大学出版社,2014:51.

了内在的言说,遮蔽了'纯粹的自我'"。① 在他看来,汉语的象形特点恰恰成为其弊端:它飘忽不定的外形,它的模糊和超稳定性,销蚀了对于明晰和精确的追求。

因此,问题的关键在于一个无法逆转的事实:现代汉语的出现有着历史的必然性与合理性,古代汉语毕竟已经被现代汉语所取代,汉语言进入了新时期、具有了新样态,在从古典到现代的转变中,掺杂了很多复杂的综合因素,因此对它的评判也不应该是单一的。既然现代汉语已经成为不可更改的客观存在,成为环绕于现代人生活的语言现实,那么,我们在重提古代汉语时,就不应仅仅沉浸于对它的赞叹,而是考虑如何透过它与现代汉语的关系,审视后者得以生成的历史依据,以及二者相互对峙的历史和诗学意味。

在20世纪50年代关于"文学语言"的讨论中,有人认为我们应该认识到现代汉语就是古代汉语的继续。文言是古代汉语的书面语,语法基本上与现代汉语相同,文言所表现的语法结构与现代汉语结构的一致性,说明了现代汉语就是继承古代汉语而来。这位论者与郑敏在立论上的相似点在于:都以"五四"白话文运动作为质疑的对象,不同点是否认了现代汉语相对于古代汉语所形成的"断裂",是以一种承续性将二者连接起来。这种观点为后来的一些研究者所认同。有论者在论述汉语"深度模式的超稳定性"时说,现代白话同古代文言相比,虽然发生了较大变化,但就诗歌语言来说,这种古今差异远远没有进入到实质性的层次。文言文的僵硬性更多地表现在古代散文中,对于

---

① 张隆溪.道与罗格斯[M].成都:四川人民出版社,1998:63.

第六章　中国现代诗歌语言"现代性"再思考

现代新诗所采用的现代汉语,在语法、词法、句法上本来就与古代汉语颇多共性。比如文字的象征性、意象性,词语的多义性,词类的灵活性,组词成句的随意性等等。上述这些观点都有助于人们从汉语两种样态的差异性中去发现对新诗产生的不同影响。

当推崇古代汉语与古典诗词的论者,力图找回白话新诗的自主权,以及未来生长点时,他们的观点是富于建设性的:一方面从几千年的母语中寻求现代汉语的生长因素,早日形成一种现代汉语诗歌语言,承受高度浓缩和高强度的诗歌内容;另一方面对古代诗歌宝藏的挖掘与阐释,决不是简单的回归传统,而是在吸收古今中外最新的诗歌理论后,站在历史发展的前沿,发挥先锋性的优势,重新解读古典诗歌遗产,获得当代与未来汉语诗歌的创新灵感。这是我们在思考诗歌语言的古典与现代关系时,所应该保持的最佳心态。只有确立了古代与现代的辩证关系之后,我们才能够从语言质地的差异性出发,去思考二者的张力关系对新诗语言生成的意义。

如果说古代汉语积聚着原生力量的凝练结构,是古典诗词获得诗意盎然、审美魅力的质地基础,现代汉语为新诗提供了哪些语言质地呢?我们不难发现,现代汉语天生具有一种"散文性",它的连贯性、流动性更易于叙事和描述,而不擅长诗意的抒情;它的日常性、浅显性、缺乏韵味等特征,容易给人以"反诗歌语言"的印象。现代汉语相对于古代汉语的显著变化是:一方面强调以口语为中心,从而导致了古代汉语单音节结构的瓦解,而以双音节、多音节为主的现代汉语语音及词汇,也导致了现代汉语书面语虚词成分的增加。另一方面由于受到西方语法的浸染,现代汉语改变了古代汉语超语法、超逻辑的特性,而

193

趋向接受语义逻辑的支配,同时为了适应现代语法逻辑严密的要求,以及实现单一明了、不生歧义的语义目的,现代汉语在句子结构上比古代汉语更加复杂,增加了很多人称代词、连词和表示关系性、分析性的文字等等。

  现代汉语相对于古代汉语发生的变化,在一些现代诗歌创作中主要体现在:语言没有所指,变成了能指。看起来语言变成了语言本身,不一定要表达什么东西,好像获得了自由与解放。但是时间一长,我们会产生怀疑,什么是语言本身呢?难道就是没有所指?当我们把语言工具化,不承认它本身的特性,把它所指的成分去掉,就变成语言本身了?我们无论说话写文章,正常的意义是既有语言的能指部分,同时也具有语言的所指功能,否则就是没有任何现实意义的东西。语言本来就是由两部分构成的,人为地去掉一部分,或者减弱一部分,加大另一部分,所带来的自由与解放是短暂的,因此存在的生命力也是短暂的。

余论

海子：当代诗歌语言的现代性赓续

在当代中国诗歌创作中，现代性的呈现不绝如缕，举一隅以观全貌，窥一斑而知全豹。在这里笔者试图从语言意象的现代性角度，解读海子诗中的孤独、痛苦、死亡意象，以便更准确地理解海子其人其诗，认识到现代诗人和现代诗歌所面临的艰难困境。海子是一个天才诗人，也是一个纯粹的诗人。海子的不幸在于不肯放弃他的诗歌理想，为此他不惜放弃了世俗的幸福，甚至放弃了自己的生命。

第一节 "诗之道就是对现实闭上眼。诗人不行动,而是做梦"[①]

首先,我在读海子的诗歌时,第一个强烈的感受就是:海子是个天才的诗人,是个可以在一无所有之中,创造出无数情感和想象的诗人。我觉得他的诗,完全是自发性的,是从心底流淌出来的,精神的情感的汁液。他的抒情短诗,简直就是他生命的自然流露,是一个诗化了的梦的世界。我认为海子的诗,最接近人的本真状态。不仅有着最真诚的爱,也有着最真实的痛,还有着最真挚的迷惑,更有着最真切的绝望。"正如诗人自己所说,他的短诗是绝对抒情的,有一种刀劈斧砍的力量。从1984年的《亚洲铜》到1989年3月4日的《春天,十个海子》,我们看到的是诗人一生的热爱与痛惜。对于一切美好事物的眷恋之情,对于生命的世俗和崇高的激动和关怀,所有这些已容不下更多的思想和真理。"[②]

我们发现在海子的诗中,会不断地出现"海子"的意象。我认为这个意象,就是海子的心海,是一种"丰富的孤独"。孤独,对于海子来说,有着某种特别的,甚至是原始的魔力。我们知道人的孤独,不仅是指身体的孤独,而是指心灵的孤独。在这种神奇的孤独中,诗人将自己的存在与灵魂,带到了事物本质的高处,让我们从他的诗歌中,看见

[①] 海德格尔.人,诗意地安居[M].郜元宝,译.上海:上海远东出版社,2004:91.
[②] 王清平,王晓.《海子的诗》后记[M].北京:人民文学出版社,1995:261.

余论　海子:当代诗歌语言的现代性赓续

与听见别人看不见与听不见的美丽与幸福,痛苦与死亡:

幸福找到我
幸福说:"瞧　这个诗人
他比我本人还要幸福。"①

以前的夜里我们静静地坐着
我们双膝如木
我们支起了耳朵
我们听得见平原上的水和诗歌
这是我们自己的平原、夜晚和诗歌
……
是谁这么说过　海子
要走了　要到处看看
我们曾在这儿坐过②

海子决定走向远方,去看草原,去看沙漠,去看拉萨、青海和敦煌,去看比他自己更孤独的自然:

难忘有一日歇脚白杨树下

---

①　海子.幸福的一日致秋天的花楸树[M]//海子的诗.北京:人民文学出版社,1995:112.
②　海子.海子小夜曲[M]//海子的诗.北京:人民文学出版社,1995:72—73.

白色美丽的树!
在黄金与允诺的地上
陪伴花朵和诗歌 静静地开放 安详地死亡

美丽的白杨树 这是一位无名的诗人①

海子终于明白了:

远方除了遥远一无所有

遥远的青稞地
除了青稞 一无所有

更远的地方 更加孤独
远方啊 除了遥远 一无所有②

无处不在的孤独使"海子"无处逃遁。

海子躺在地上
天空上
海子的两朵云

---

① 海子.美丽白杨树[M]//海子的诗.北京:人民文学出版社,1995:102.
② 海子.远方[M]//海子的诗.北京:人民文学出版社,1995:215.

余论 海子:当代诗歌语言的现代性赓续

说:

你要把事业留给兄弟　留给战友

你要把爱情留给姐妹　留给爱人

你要把孤独留给海子　留给自己①

还有:

是谁这么告诉过你:

答应我

忍住你的痛苦

不发一言

穿过这整座城市

远远地走来

去看看他,去看看海子

他可能更加痛苦

他在写一首孤独而绝望的诗歌

死亡的诗歌②

可以说,孤独与海子已经如影随形,不可分离。这既是他客观的生存状态,也是他主观的心灵状态。只有在这种状态下,海子才能写诗。

---

① 海子.为什么你不生活在沙漠上[M]//海子的诗.北京:人民文学出版社,1995:117.

② 海子.太阳和野花——给AP[M]//海子的诗.北京:人民文学出版社,1995:195.

诗人也可以说，就是被上帝贬到人间，忍受孤独，承受苦难的天使。他们高踞在山顶上，俯视人寰，体验与洞察一切肉体的与灵魂的苦难，怜悯自己更怜悯人类。从这个意义上说，海子是个天才诗人，他的身上具有一切诗人的特质：敏感、孤独、痛苦、忘我。他"不关心粮食和蔬菜"，不关心自己的生存困境，而将目光投向辽阔与久远的现实与历史，对人生的终极价值进行苦苦的思索与探寻。如果我们解读一下海子弃世前不久的两首拟想性的诗——《面朝大海，春暖花开》(1989年1月13日)和《春天，十个海子》(1989年3月14日凌晨3点—4点)，就可以知道诗人是怎样一个沉湎于心灵孤独之旅的"梦游者"，他所向往的，所追寻的理想境界以及他对生命的终极关怀和眷顾，是与现实世界无法共融的。他说：

> 从明天起，做一个幸福的人
> 喂马、劈柴，周游世界
> 从明天起，关心粮食和蔬菜
> 我有一所房子，面朝大海，春暖花开①

诗中这些拟想性的意象，都是海子当时无法实现的梦想。海子的好友，诗人西川曾回顾说："海子没有幸福地找到他在生活中的一席之地。这或许是由于他的偏颇。在他的房间里，你找不到电视机、录音机、甚至收音机。海子在贫穷、单调与孤独之中写作，他既不会跳舞、游泳，也不会骑自行车。"②在北京北郊昌平的一间宿舍里，他常常在深

---

① 海子.面朝大海，春暖花开[M]//海子的诗.北京：人民文学出版社，1995：236.
② 西川.海子诗全编[M].上海：上海三联书店，1997：8.

余论 海子：当代诗歌语言的现代性赓续

夜里抽烟、喝酒、写诗。

> 孤独是一只鱼筐
> 是鱼筐中的泉水
> 放在泉水中
> ……
> 拉到岸上还是一只鱼筐
> 孤独不可言说①

海子几乎与现代都市文明隔绝，与现实人群疏离。他非常喜欢兰波的诗句："生活在别处"，海子也许从内心拒绝"生活在此处"，他一方面反复地诉说强调自己的"孤独"，一方面又执着地体味享受自己的"孤独"，没有"孤独"，就没有了海子，就没有了海子的诗。

《春天，十个海子》是他留在人世间的最后一首诗，也是拟想性的一首诗。在这首诗中，海子预见了自己的死亡与复活：

> 春天，十个海子全部复活
> 在光明的景色中
> 嘲笑这一个野蛮而悲伤的海子
> 你这么长久的沉睡究竟为了什么？
> ……
> 在春天，野蛮而悲伤的海子

---

① 海子.在昌平的孤独[M]//海子的诗.北京：人民文学出版社，1995：64.

201

就剩下这一个,最后一个

　　这是黑夜的孩子,沉浸于冬天,倾心死亡

　　不能自拔,热爱着空虚而寒冷的乡村①

可以说海子不仅以牺牲尘世的幸福,而且最终以牺牲自己的生命维护着他的诗歌理想。有人做出这样的推论:这一时期的海子,也许面临着生命中两难的境地:选择尘世的幸福则可能意味着放弃伟大的诗歌的理想,弃绝尘世的幸福则可能导致弃绝生命本身。海子最终选择了后者。

"如果说艺术家和诗人是不幸的,这说到底是因为幸福并不使他们感兴趣。他们不可能认真地追求幸福,因为幸福的成份不是美的成份,他们既然爱上了美,就忽略和轻视那些促成幸福的非审美性的社会德行。另一方面,那些追求幸福的人,又往往只依照抽象的传统意义,把幸福了解为金钱、成功、体面等等,他们往往不认识幸福的真正本源是来自感觉和想象。……然而,爱美的幸福,不是太感性而不能持久,就是太遥远太神圣,以至世俗人不把它算作幸福。"②

由此可见,诗人所追求与崇尚的幸福是与世俗的幸福完全疏离的两个概念,前者是金钱、成功、体面;后者是感觉、想象、美;前者是现实人生,后者是理想人生。正如海德格尔所说:"诗之道就是对现实闭上眼。诗人不行动,而是做梦。"

---

① 海子.春天,十个海子[M]//海子的诗.北京:人民文学出版社,1995:259.
② 乔治·桑塔耶纳.美感[M].缪灵珠,译.北京:中国社会科学出版社,1982:43—44.

第二节 "人,充满劳绩,
但还诗意地安居于大地之上"[①]

我们说,海子是一个天才诗人,只是从他所具备的诗人素质和才华而言,并非说他是一个无病呻吟的诗人,或是一个不食人间烟火,高高在上的审判者与救世主,事实上,在现实人生中,他经历了太多的努力与挣扎。

海子15岁就从安徽一个贫穷的乡村考入了北京大学,这其中的努力与汗水,梦想与骄傲可想而知。为何我一直强调海子是个天才的诗人,还因为他在北京大学学的是法律,在中国政法大学教的是哲学,"理性"的思考并没有稀释掉他与生俱来的"诗性",反而使他更深刻,更辽远,更孤独,更痛苦,也更接近了诗。

1988年,海子在他的论文《我热爱的诗人——荷尔德林》中,提出了他的诗学观点,大意是:诗人可分为热爱生命与热爱风景两种,前者热爱生命中的自我,后者热爱风景中的灵魂,即把景色当成庙堂,当成宇宙神秘的一部分来热爱,这样的诗人会在风景中找到呼吸与语言,海子认为荷尔德林和梵高就属于这种诗人。他们不仅热爱河流的养育,还要接受洪水的泛滥,把自然、宇宙当作神殿和大秩序来热爱。

"人充满劳绩,但还诗意地安居于大地之上"出自荷尔德林之口,

---

① 海德格尔.人,诗意地安居[M].郜元宝,译.上海:上海远东出版社,2004:91.

这个被海子称为"纯洁诗人、疾病诗人"的诗人，据说也是一个没有能力应付生活的人。当荷尔德林认为人应该"诗意地安居"的时候，很多人会将"诗意地"理解为脱离现实，即虚幻地漂浮在现实的上空。然而诗人强调的是安居"于大地之上"，荷尔德林借此道出了诗的本质——即诗并不凌驾在大地之上，也并不逃避大地的羁绊，正是诗，将我们带回大地，属于大地，并在大地上安居。

我们不妨来考察一下海子的"麦地"系列诗歌，就可以发现诗人对现实人生的关注，对故土的亲近与热爱。"诗人的天职是还乡"，还乡就是返回与本源的亲近。海子所热爱的诗人荷尔德林在《帕特莫斯》中说："请赐我们以双翼，让我们满怀赤诚衷情，／返回故园。"故乡最美丽、最神秘之处就在于对本源的接近，只有在故乡，才能找到我们的生命之"根"。

> 我们是麦地的心上人
>
> 收麦这天我和仇人
>
> 握手言和
>
> 我们一起干完活
>
> 合上眼睛，命中注定的一切
>
> 此刻我们心满意足地接受。
>
> 妻子们兴奋地
>
> 不停用白围裙
>
> 擦手。

余论 海子:当代诗歌语言的现代性赓续

　　……
　　健康的麦地
　　健康的麦子
　　养我性命的麦子!①

《五月的麦地》

　　全世界的兄弟们
　　要在麦地里拥抱
　　……
　　回顾往昔
　　背诵各自的诗歌
　　要在麦地里拥抱②

《询问》

　　在青麦地上跑着
　　雪和太阳的光芒

　　诗人,你无力偿还
　　麦地和光芒的情义
　　……

---

① 海子.麦地[M]//海子的诗.北京:人民文学出版社,1995:21—22.
② 海子.五月的麦地[M]//海子的诗.北京:人民文学出版社,1995:110.

《答复》

麦地
别人看见你
觉得你温暖,美丽
我则站在你痛苦质问的中心
被你灼伤
我站在太阳　痛苦的芒上

麦地
神秘的质问者啊

当我痛苦地站在你的面前
你不能说我一无所有
你不能说我两手空空

麦地啊,人类的痛苦
是他放射的诗歌和光芒![①]

　　麦地成为了诗人承受饥饿与痛苦,泪水与感激的载体,虽不是完美的理想天堂,但"全世界的兄弟们"互相拥抱之处,就是这个放射人类痛苦的圣地。诗人对麦地,对生他养他的故土充满了热爱和感激,

---

　　① 海子.麦地与诗人[M]//海子的诗.北京:人民文学出版社,1995:108—109.

充满了对生命本源的探寻与亲近。

诗人也多次试图逃脱痛苦的旋涡,试图立足在现实人生与坚实的大地之上。他描写爱情与母爱:

《新娘》

故乡的小木屋、筷子、一缸清水
和以后许许多多日子
许许多多告别
被你照耀①

《房屋》

你在早上
碰落的第一滴露水
肯定和你的爱人有关
你在中午饮马
在一枝青丫下稍立片刻
也和她有关
你在暮色中
坐在屋子里不动

---

① 海子.新娘[M]//海子的诗.北京:人民文学出版社,1995:6.

还是与她有关①

《给妈妈·雪》

妈妈又坐在家乡的矮凳子上想我
那一只凳子仿佛是我积雪的屋顶②

与此同时,他用重叠的意象与快速语言节奏,赞美世俗的崇高,展示生命、爱情、死亡的美丽与安宁:

给我粮食
给我婚礼
给我星辰和马匹
给我歌曲
给我安息!③

他深情地唱道:

活在这珍贵的人间
人类和植物一样幸福

---

① 海子.房屋[M]//海子的诗.北京:人民文学出版社,1995:24.
② 海子.给母亲[M]//海子的诗.北京:人民文学出版社,1995:37.
③ 海子.无题[M]//海子的诗.北京:人民文学出版社,1995:18.

余论　海子:当代诗歌语言的现代性赓续

爱情和雨水一样幸福①

他仿佛在说:孤独的人们,热爱我们自身吧。这种爱并非是自恋的,而是源于对人类生活更广博的感受和关注。

---

① 海子.活在珍贵的人间[M]//海子的诗.北京:人民文学出版社,1995:11.

第三节 "人被称作为短暂者是因为人能够死"①

"死亡"是海子诗中最常出现的"语词"之一。在他早期的代表作《亚洲铜》的开头这样写道:

亚洲铜,亚洲铜
祖父死在这里,父亲死在这里,我也将死在这里
你是唯一的一块埋人的地方②

这时的海子大学毕业刚刚一年,仅仅20岁,正应该是歌颂生活,歌颂生命,歌颂爱情的年龄。那么如何去解读海子诗歌的"死亡意象"呢?

回顾一下历史,我们不难发现,海子这一代人经历了太多的肉体与精神的饥饿与折磨:出生于国家贫困时期,有时连生存都成为问题,成长于国家动乱时期,知识贫乏,精神干涸,有着根深蒂固,与生俱来的"忧患意识"。大学毕业于国家改革时期,中国的文化传统被连根摇撼着,而外来的观念思想犹如暴风雨般袭来,这个时期的知识分子,感受着种种思想的影响,却又无所适从。每一个追求思想出路的人,都

---

① 海德格尔. 诗·语言·思[M]. 彭富春,译. 北京:文化艺术出版社,1991:193.
② 海子. 亚洲铜[M]//海子的诗. 北京:人民文学出版社,1995:1.

余论　海子：当代诗歌语言的现代性赓续

陷于希望与失望,呐喊与彷徨,悲观与乐观之中,有着太多的不适应与困惑。海子同样有着太多的困惑与疑问。面对历史,海子叹道:

　　公元前我们太小
　　公元后我们又太老
　　没有谁见到那一次真正美丽的微笑
　　但我还是举手敲门
　　带来的象形文字
　　洒落一地①

面对人生,海子说道:

　　我感到魅惑
　　我就想在这条魅惑之河上渡过我自己
　　我的身子上还有拔不出的春天的钉子
　　……
　　我感到魅惑
　　小人儿,既然我们相爱
　　我们为什么还在河畔拔柳哭泣②

面对他热爱的诗人荷尔德林,海子问道:

---

① 海子.历史[M]//海子的诗.北京:人民文学出版社,1995:5.
② 海子.我感到魅惑[M]//海子的诗.北京:人民文学出版社,1995:74—75.

故乡

……我们仍抱着这光中飞散的桶的碎片营造土
地和村庄
他们终究要被黑暗淹没
告诉我,荷尔德林——我的诗歌为谁而写①

面对大自然,海子唱道:

目击众神死亡的草原上野花一片
远在远方的风比远方更远
我的琴声呜咽　泪水全无②

正如海德格尔所说,这是一个诸神逝去的暗夜,我们只有倾听诗人的歌唱,才能追寻到诸神的痕迹。因为暗夜才会有静思,才会有歌唱,从而才有诗。"在这贫乏的时代做一个诗人意味着:在吟咏中去摸索隐去的神的踪迹。正因为如此,诗人能在世界黑夜的时代里道出神圣。……哪里有贫乏,哪里就有诗性。"③

我们再来审视一下海子的痛苦,就会发现他一开始就是对自我存在的否定与怀疑:

---

① 海子.不幸——给荷尔德林[M]//海子的诗.北京:人民文学出版社,1995:167.
② 海子.九月[M]//海子的诗.北京:人民文学出版社,1995:33.
③ 海德格尔.人,诗意地安居[M].桂林:广西师范大学出版社,2000:73,95.

我想我已经够小心翼翼的

我的脚趾正好十个

我的手指正好十个

我生下来时哭几声

我死去时别人又哭

我不声不响的

带来自己这个包袱

尽管我不喜爱自己

但我还是悄悄打开

……

我不能放弃幸福

或相反

我以痛苦为生

埋葬半截

来到村口或山上

我盯住人们死看：

呀，生硬的黄土　人丁兴旺①

　　这首诗传达的可以说是一种与生俱来的"悲剧情怀"，也是一种无法摆脱的"悲剧命运"。

---

　　① 海子.明天醒来我会在哪一只鞋子里[M]//海子的诗.北京：人民文学出版社，1995:31—32.

我仿佛

一口祖先们

向后代挖掘的井。

一切不幸都源于我幽深而神秘的水。①

在海子的笔下,痛苦已经纯然变成了某种宿命的、天定的、无法摆脱的存在。痛苦已经与诗人的血液溶为一体,不可分离。无奈之中,海子将目光投向了历史长河中的诗人,他与普希金、叶赛宁、荷尔德林等诗人进行灵魂的对话,他在《绝命》中说:

点着烛火,烧掉旧诗

说声分手吧

分开编过少女秀发的十指

秀发像五月的麦苗　曾轻轻含在嘴里

和另一位叶赛宁分手

用剥过蛇皮蒙上鼓面的人类之手

自杀身亡。为了美丽歌谣的神奇鼓面

蛇皮鼓啊如今你在村中已是泪水灯笼

说声分手吧　松开埋葬自己的十指

把自己在诗篇中埋葬

---

① 海子.十四行:夜晚的月亮[M]//海子的诗.北京:人民文学出版社,1995:23.

余论 海子:当代诗歌语言的现代性赓续

　　此刻在美丽的小镇上
　　不会有苦荞麦儿香①

海子的诗中越来越多地出现草原、黄昏、夜晚和死亡的意象:

　　草原尽头我两手空空
　　悲痛时握不住一颗泪滴"②

我们可以发现,痛苦的表面呈现的是空虚与空洞,却具有一种实实在在的,让人窒息的质感和内涵。

　　黄昏我梦见我的死亡
　　好象羊羔滚向西方
　　——那太阳落下的地方③

　　我的病已好
　　雪的日子　我只想到雪中去死④

　　漆黑的夜里有一种笑声笑断我坟墓的木板⑤

---

① 海子.绝命:组诗之十[M]//海子的诗.北京:人民文学出版社,1995:127.
② 海子.日记[M]//海子的诗.北京:人民文学出版社,1995:206.
③ 海子.给B的生日[M]//海子的诗.北京:人民文学出版社,1995:76.
④ 海子.雪[M]//海子的诗.北京:人民文学出版社,1995:217.
⑤ 海子.死亡之诗:之一[M]//海子的诗.北京:人民文学出版社,1995:65.

>   雨夜偷牛的人
>   把我从人类
>   身体中偷走。
>   我仍在沉睡。①

>   这是一个黑夜的孩子，沉浸于冬天，倾心死亡
>   不能自拔，热爱着空虚而寒冷的乡村②

理想与现实的矛盾，日夜折磨着海子。他的内心是非常痛苦的，他想用死亡来解脱自己的痛苦。他曾在1986年11月18日的日记中写道："我差一点自杀了，我的尸体或许已经沉下海水，或许已经焚化；父母兄弟仍在痛苦，别人仍在惊异，鄙视……但那是另一个我——另一具尸体。那不是我。我坦然写下这句话：他死了。我曾以多种方式结束了他的生命。但我活下来了，我——一个更坚强的他活下来了，我第一次体会到强者的尊严、幸福和神圣。"③然而，这种"强者的尊严、幸福和神圣"，并没有能够挽留住死亡的脚步，1989年3月26日，在历经折磨与挣扎之后，海子在山海关自杀身亡。

海子的死因一直众说纷纭。有痛苦惋惜的，有困惑不解的，甚至有指责的。"诗人是个孩童，因为孩童常常被人指责，说他'发疯'，说

---

① 海子.死亡之诗——给梵高的小叙事：自杀过程：之二：采摘葵花[M]//海子的诗.北京：人民文学出版社，1995：134.
② 海子.春天，十个海子[M]//海子的诗.北京：人民文学出版社，1995：259.
③ 西川.海子诗全编[M].上海：上海三联书店，1997：7.

余论 海子:当代诗歌语言的现代性赓续

他对某人某事'感情太热,失去控制'。"①我不管海子该不该死,但是我们必须承认,我们以常人的思维情感,是难以理解诗人的行为的。"诗人和艺术家,虽然有其直觉的和审美的乐趣,却不被认为是快乐的人;他们自己也动辄号啕痛哭,自以为不幸之至、悲苦难言。由于他们感情浓烈,哀乐无常,由于他们不思前顾后,由于他们社会习惯的怪癖,所以在他们之中,感情机能和生理机能就占了上风,而社交本能和社会本能却处于从属地位,而且往往陷于混乱状态;他们的不幸在于感到自己不适宜生存于所出生的世界上。"②

生存、爱情与死亡,是困惑人类的永恒主题。就是面对死亡,每个人的想法与做法,都是不尽相同的。有的人舍生取义;有的人为爱而生;有的人贪生怕死;有的人向死而生……在我看来,诗人之死,也许不是痛苦,而是一种解脱。"生命乃是他们的主题,而死亡是他们的语言,是他们的象征和动力;只有通过死亡才能理解生命。死亡为他们转化为一种活的东西。死亡有真正的尊严和美,它将和生命一样被承认,而且总的说来应首先得到承认。"③对于海子的死,我是能理解的。也许在一些人看来,热爱生活与珍惜生命,是矛盾的两个概念;也许正是因为热爱,所以才不得不舍弃;也许是以另一种方式,去拥抱了另一种生活。因此,生者对于死者,还是多一份理解、尊重、宽容或者沉默吧。

---

① 瓦萨·米勒.何谓诗人[M]//沈奇,主编.西方诗论精华.广州:花城出版社,1991:33.
② 乔治·桑塔耶纳.美感[M].缪灵珠,译.北京:中国社会科学出版社,1982:42.
③ 马克·范·多伦.《愉快的批评家》及其他随笔[M]//沈奇.西方诗论精华.广州:花城出版社,1991:210.

我想,海子也许是一个黑夜的精灵,一个在所谓光明的世界,找不到归宿的精灵。他不愿苟且偷生,他选择了黑夜,选择了逃逸。因此,从某种意义上说,海子以他的死亡,肯定了诗的存在,又以他的死亡,否定了诗的存在。他的死本身就是诗。

海德格尔指出:"人被称作为短暂者是因为人能够死。能够死意味着:能够作为死亡而死亡。只有人死亡——而且的确是不断地死亡,只要人居于此大地上,只要人居住。然而,人的居住是居于诗意之中。"①

最后,不妨以海子的诗《祖国(或以梦为马)》来哀悼他的亡灵:

我要做远方的忠诚的儿子

和物质的短暂情人

和所有以梦为马的诗人一样

我不得不和烈士和小丑走在同一道路上

……

太阳是我的名字

太阳是我的一生

太阳的山顶埋葬　诗歌的尸体——千年王国和我

骑着五千年凤凰和名字叫"马"的龙——我必将

失败

但诗歌本身以太阳必将胜利②

---

① 海德格尔.诗·语言·思[M].彭富春,译.北京:文化艺术出版社,1991:193.
② 海子.祖国(或以梦为马)[M]//海子的诗.北京:人民文学出版社,1995:145—147.

结语
诗歌的现代性：一项未竟的事业

　　我们从语言方面通过对中国现代诗歌发展历程的梳理，通过对现代诗人创作个性的分析，发现与总结了一些经验和教训。回顾历史是为了展望未来。笔者认为，中国现代诗歌语言应该在吸收古代诗歌韵味的基础上，融入现代汉语和日常白话的成分，借鉴西方现代诗歌的形式技巧，融进现代诗人对现代社会和现实人生的深层思考，才能走出一条具有中国特色的、具有创作个性的、具有丰富内涵的、充满健康活力的发展之路。

　　20世纪70年代末80年代初，中国现代诗歌进入新时期以后，朦胧诗人们开始发现与发掘现代汉语的自身魅力，特别注重诗歌语言的象征隐喻性、模糊多义性和内在音乐性。他们以新颖的、变形的、跳跃的句式，替代了1949年10月以后一段时间占新中国诗坛主导地位的"政治抒情诗"所形成的僵化的、枯萎的、空洞的诗行，对现代诗歌进行了内容与形式的更新。但是，在诗歌语言的运用方面，"由于要代替抒情自我进行一种主张式的宣称，诗歌语言失却多方位的张力，从而也使得语言自身在文本内整合再生意义的创造能力下降。"①

"朦胧诗"浪潮过去之后,诗歌创作又陷入迷惘之中。有些诗人渐渐淡出诗坛,有些诗人热衷于语言实验:一类诗人沉迷于用精致纯粹的语言营造自我世界,陷入语言的快感与自我沉醉中;一类诗人主张"以口语入诗",但又没有能力将日常口语转变为诗的语言,重蹈了白话初期诗人的覆辙。因此,新时期的现代诗歌,在经过了"朦胧诗"的繁荣,和一阵实验的喧嚣后,终于迷失了自我,陷入了衰败与沉寂。归根结底是新时期的诗人们,没有把思考的触角伸入诗歌语言的内部,而是游移于诗的本质之外,忽略了诗的精神骨架,因此"坍塌"是必然命运。

在中国现代诗歌的兴起与发展过程中,和中国自身的历史命运一样,经历了许多重大变革和更新换代,一直处于动荡、多舛、不安之中。诗人们一边寻觅着、尝试着、实验着诗歌语言,一边承担着关注社会变革、促进文化发展的历史责任。因此中国现代诗歌的创作,不仅面临着语言自身的困难,而且还承受着社会、历史、文化的影响。中国现代诗歌所面临的困境,实际上从五四时期就存在。虽然经过前人的努力,已经不是黑暗中的摸索,但社会历史的"不能承受之重"和诗歌自身的"不能承受之轻",使诗歌存在的"土壤松弛"了,"精神骨架也坍塌"了,诗坛渐趋沉寂是必然结果。

20世纪90年代以来,现代诗歌逐渐游离于时代话语之外,也渐渐消失在公众视野之中。我们不能不看到,现在写诗、读诗的人已经寥寥无几,或者已经隐藏在时代背后,纯粹成为私人化的行为,做孤独的

---

① 郜积意."后新诗潮"的论争及其理论问题[J].南方文坛,1998(3):18.

结语　诗歌的现代性：一项未竟的事业

黑夜中的航行。但是，这种对现实的逃逸，对文化参与的排斥，对价值判断的缺失，终将削弱诗歌自身的生命力。

我们现在所处的时代，是一个"个人化"的时代，同时又是"网络化"的时代。现代人生活在一张巨大的网中——手机、电脑、宽带、互联网将人类捆绑在全球性的巨网中，表面依赖得更紧，但身心离得更远，也更加孤独寂寞。这不由得使我想起北岛的一首诗《生活》："网"，全诗虽然只有一个字，却内涵丰富，耐人寻味，非常具有前瞻性和现代性。

我们知道诗歌存在的价值，在于心灵的交流和精神的相遇。然而，在一个极端个人化、生活庸俗化、精神平面化、思想无深度、缺少责任感、价值体系混乱的时代，有多少人还有闲情逸致去考虑诗歌的事情？又有多少人写诗、读诗、研究诗歌呢？

由此我们可以发现，语言形式和精神内核，是诗之为诗的一对翅膀，同时也使诗人的思想得以飞翔。语言遇到的阻碍和精神骨架的坍塌，是中国现代诗歌趋于沉寂的根源所在。因此，中国现代诗歌的重建，应该从语言和精神两方面去思考。

诚如哈贝马斯所言：现代性是一项未竟的事业。对于中国现代诗歌来说，情形亦复如此。

参考文献

一、著作类

1 别林斯基. 别林斯基论文学[M]. 梁真,译. 上海:新文艺出版社,1958.

2 伍蠡甫主编. 西方文论选:上下卷[M]. 上海:上海译文出版社,1979.

3 中国社科院外国文学研究所. 外国理论家作家论形象思维[M]. 北京:中国社会科学出版社,1979.

4 乔治·桑塔耶纳. 美感[M]. 缪灵珠,译. 北京:中国社会科学出版社,1982.

5 伍蠡甫主编. 现代西方文论选[M]. 上海:上海译文出版社,1983.

6 刘若端编. 十九世纪英国诗人论诗[M]. 北京:人民文学出版社,1984.

7 牛庸懋,蒋连杰. 十九世纪英国文学[M]. 郑州:黄河文艺出版

社,1986.

8 杨匡汉,刘福春编.西方现代诗论[M].广州:花城出版社,1988.

9 查尔斯·查德维克.象征主义[M].肖聿,译.太原:北岳文艺出版社,1989.

10 赵澧,徐京安主编.唯美主义[M].北京:中国人民大学出版社,1989.

11 沈奇主编.西方诗论精华[M].广州:花城出版社,1991.

12 海德格尔.诗·语言·思[M].彭富春,译.北京:文化艺术出版社,1991.

13 松浦友久.唐诗语汇意象论[M].陈植锷,王晓平,译.北京:中华书局,1992.

14 郑克鲁.法国诗歌史[M].上海:上海外语教育出版社,1996.

15 吴岳添.法国文学流派的变迁[M].北京:北京大学出版社,1995.

16 伍蠡甫,胡经之主编.西方文艺理论名著选编[M].北京:中国人民大学出版社,1996.

17 奥修.上帝唇边的长笛[M].陈舒,译.上海:东方出版中心,1996.

18 王佐良.英国诗史[M].南京:译林出版社,1997.

19 加斯东·巴什拉.梦想的诗学[M].刘自强,译.北京:生活·读书·新知三联书店,1996.

20 利奥塔.后现代性与公正游戏——利奥塔访谈,书信录[M].谈瀛洲,译.上海:上海人民出版社,1997.

21 海德格尔.林中路[M].孙周兴,译.上海:上海译文出版社,1997.

22 里卡多·奥斯本.弗洛伊德入门[M].慕伟,译.北京:东方出版

社,1998.

23 埃罗尔·赛尔柯克.海明威入门[M].杨道圣,译.北京:东方出版社,1998.

24 艾里克·勒梅,詹尼弗·皮兹.海德格尔入门[M].王柏华,译.北京:东方出版社,1998.

25 别林斯基.别林斯基文学论文选[M].满涛,辛未艾,译.上海:上海文艺出版社,2000.

26 伊夫·瓦岱.文学与现代性[M].田庆生,译.北京:北京大学出版社,2001.

27 孔马泰·卡林内斯库.现代性的五副面孔[M].顾爱彬,李瑞华,译.北京:商务印书馆,2002.

28 瓦莱里.文艺杂谈[M].段映虹,译.天津:百花文艺出版社,2002.

29 威廉·狄尔泰.体验与诗[M].胡其鼎,译.北京:生活·读书·新知三联书店,2003.

30 达维德·方丹.诗学——文学形式通论[M].陈静,译.天津:天津人民出版社,2003.

31 潞潞主编.准则与尺度——外国著名诗人文选[M].北京:北京出版社,2003.

32 方丹.诗学:文学形式通论[M].陈静,译.天津:天津人民出版社,2003.

33 海德格尔.人,诗意地安居[M].郜元宝,译.上海:上海远东出版社,2004.

34 瓦·费·佩列韦尔泽夫.形象诗学原理[M].宁琦,何和,王嘎,译.北京:中国青年出版社,2004.

35 詹姆逊.单一的现代性[M].王逢振,王丽亚,译.天津:天津人民出版社,2004.

36 海德格尔.存在与在[M].王作虹,译.北京:民族出版社,2004.

37 乔国强主编.二十世纪西方文论选读[M].上海:复旦大学出版社,2006.

38 孟庆枢,杨守森.西方文论选[M].北京:高等教育出版社,2007.

39 罗兰·巴尔特.写作的零度[M].李幼蒸,译.北京:中国人民大学出版社,2008.

40 朱自清编选.中国新文学大系·诗集[M].上海:上海良友图书印刷公司,1935.

41 曹葆华.现代诗论[M].北京:商务印书馆,1936.

42 郭沫若.女神[M].北京:人民文学出版社,1953.

43 司马长风.中国新文学史:上[M].香港:昭明出版社,1980.

44 艾青.诗论[M].北京:人民文学出版社,1980.

45 鲁迅.鲁迅全集[M].北京:人民文学出版社,1981.

46 吴奔星选辑.鲁迅诗话[M].天津:天津人民出版社,1981.

47 徐志摩.徐志摩诗集[M].成都:四川人民出版社,1981.

48 戴望舒.戴望舒诗集[M].成都:四川人民出版社,1981.

49 宗白华.美学散步[M].上海:上海人民出版社,1981.

50 何其芳.画梦录[M].广州:花城出版社,1981.

51 郭沫若.郭沫若谈创作[M].哈尔滨:黑龙江人民出版社,1982.

52 冰心.冰心论创作[M].上海:上海文艺出版社,1982.

53 王郊天,陶型传,沈茶英. 新诗创作艺术谈[M]. 南京:江苏人民出版社,1982.

54 闻一多. 闻一多全集:第三册[M]. 北京:三联书店,1982.

55 何其芳. 预言[M]. 上海:上海文艺出版社,1982.

56 孙玉石. 中国初期象征派诗歌研究[M]. 北京:北京大学出版社,1983.

57 高瑛编. 艾青[M]. 北京:人民文学出版社,1983.

58 杨匡汉,刘福春编. 我和诗[M]. 广州:花城出版社,1983.

59 冯文炳. 谈新诗[M]. 北京:人民文学出版社,1984.

60 朱自清. 新诗杂话[M]. 北京:三联书店,1984.

61 赵景深原评,杨扬辑补. 半农诗歌集评[M]. 北京:书目文献出版社,1984.

62 卞之琳. 人与诗:忆旧说新[M]. 北京:三联书店,1984.

63 朱光潜. 诗论[M]. 北京:三联书店,1984.

64 梁宗岱. 诗与真·诗与真二集:合刊本[M]. 北京:外国文学出版社,1984.

65 沈从文. 沈从文文集:第11卷[M]. 广州:花城出版社,1984.

66 范伯群编. 冰心研究资料[M]. 北京:北京出版社,1984.

67 陆耀东. 二十年代中国各流派诗人论[M]. 北京:中国社会科学出版社,1985.

68 苏兴良,刘裕莲. 文学研究会资料:上[M]. 郑州:河南人民出版社,1985.

69 饶鸿競等编. 创造社资料[M]. 福州:福建人民出版社,1985.

70 武汉大学闻一多研究室编. 闻一多论新诗[M]. 武汉:武汉大学出版社,1985.

71 蒲风. 蒲风选集[M]. 福州:海峡文艺出版社,1985.

72 杨匡汉,刘福春编. 中国现代诗论:上[M]. 广州:花城出版社,1985.

73 杨匡汉,刘福春编. 中国现代诗论:下[M]. 广州:花城出版社,1986.

74 谢冕. 中国现代诗人论[M]. 重庆:重庆出版社,1986.

75 喻大翔,刘秋玲编选. 朦胧诗精选[M]. 武汉:华中师范大学出版社,1986.

76 萧斌如编. 刘大白研究资料[M]. 天津:天津人民出版社,1986.

77 孙玉蓉编. 俞平伯研究资料[M]. 天津:天津人民出版社,1986.

78 张志民. 诗说[M]. 上海:上海文艺出版社,1986.

79 上海文艺出版社编. 中国新文学大系 1927—1937:第1集[M]. 上海:上海文艺出版社,1987.

80 陈思和. 中国新文学整体观[M]. 上海:上海文艺出版社,1987.

81 盛子潮,朱水涌. 诗歌形态美学[M]. 厦门:厦门大学出版社,1987.

82 王林,郭临渝. 读鲁迅的诗与诗论[M]. 天津:天津人民出版社,1987.

83 文学研究会. 诗:合订本[M]. 上海:上海书店,1987.

84 许德邻. 分类白话诗选[M]. 北京:人民文学出版社,1988.

85 章亚昕,耿建华. 中国现代朦胧诗赏析[M]. 广州:花城出版

社,1988.

86 朱自清. 朱自清全集[M]. 南京:江苏教育出版社,1988.

87 袁可嘉. 论新诗现代化[M]. 北京:三联书店,1988.

88 胡适. 白话文学史[M]. 上海:上海书店,1989.

89 王锦厚. "五四"新文学与外国文学[M]. 成都:四川大学出版社,1989.

90 陈金淦. 胡适研究资料[M]. 北京:北京十月文艺出版社,1989.

91 蓝棣之. 新月派诗选[M]. 北京:人民文学出版社,1989.

92 蓝棣之. 现代派诗选[M]. 北京:人民文学出版社,1989.

93 覃召文. 中国诗歌美学概论[M]. 广州:花城出版社,1990.

94 郭沫若. 郭沫若全集:文学编[M]. 北京:人民文学出版社,1990.

95 唐湜. 新意度集[M]. 北京:三联书店,1990.

96 吕进. 中国现代诗学[M]. 重庆:重庆出版社,1991.

97 许霆,鲁德俊. 新格律诗研究[M]. 宁夏:宁夏人民出版社,1991.

98 赵霞秋,曾庆儒,潘百生编. 徐志摩全集卷四·散文集[M]. 南宁:广西民族出版社,1991.

99 吴开晋主编. 新时期诗潮论[M]. 济南:济南出版社,1991.

100 李元洛. 缪斯的情人[M]. 长沙:湖南文艺出版社,1991.

101 普丽华. 现代诗歌艺术论[M]. 香港:天马图书有限公司,1992.

102 叶维廉. 中国诗学[M]. 北京:三联书店,1992.

103 朱寿桐. 中国新文学的现代化[M]. 南京:南京大学出版社,1992.

104 章亚昕. 诗思维:生命的陀螺[M]. 济南:明天出版社,1992.

105 乐齐编. 俞平伯[M]. 北京:人民文学出版社,1992.

106 郭沫若.郭沫若全集:文学编[M].北京:人民文学出版社,1992.

107 温儒敏.中国现代文学批评史[M].北京:北京大学出版社,1993.

108 方仁念编.新月派评论资料选[M].上海:华东师范大学出版社,1993.

109 谢冕主编.徐志摩名作欣赏[M].北京:中国和平出版社,1993.

110 徐志摩.徐志摩全集[M].北京:商务印书馆,1993.

111 朱自清.朱自清文集[M].南京:江苏教育出版社,1993.

112 朱光潜.朱光潜全集[M].合肥:安徽教育出版社,1993.

113 朱寿桐.殉情的罗曼司[M].天津:百花文艺出版社,1993.

114 许霆.新诗理论发展史[M].兰州:甘肃文化出版社,1994.

115 蓝棣之.现代诗的情感与形式[M].北京:华夏出版社,1994.

116 中国社会科学院文学研究所现代文学研究室编.中国现代经典诗库[M].太原:北岳文艺出版社,1994.

117 章启群.哲人与诗[M].合肥:安徽教育出版社,1994.

118 蒲花塘,晓非.朱湘散文:上,下[M].北京:中国广播电视出版社,1994.

119 舒婷.舒婷的诗[M].北京:人民文学出版社,1994.

120 张孝评.中国当代诗学论[M].西安:西北大学出版社,1995.

121 顾国柱.新文学作家与外国文化[M].上海:上海文艺出版社,1995.

122 刘复.半农杂文[M].石家庄:河北教育出版社,1995.

123 张曼仪编.卞之琳:中国现代作家选集[M].北京:人民文学出版

社,1995.

124 朱寿桐.新月派的绅士风情[M].南京:江苏文艺出版社,1995.

125 王清平,王晓编.海子的诗[M].北京:人民文学出版社,1995.

126 绍衡编.曹聚仁文选:下[M].北京:中国广播电视出版社,1995.

127 王运熙主编.《中国文论选》现代卷:上[M].南京:江苏文艺出版社,1996.

128 何其芳.中国新诗经典·预言[M].杭州:浙江文艺出版社,1996.

129 胡风.中国新诗经典·野花与箭[M].杭州:浙江文艺出版社,1996.

130 汪静之.中国新诗经典·蕙的风[M].杭州:浙江文艺出版社,1996.

131 俞平伯.中国新诗经典:冬夜[M].杭州:浙江文艺出版社,1996.

132 辛笛.中国新诗经典·手掌集[M].杭州:浙江文艺出版社,1996.

133 李金发.中国新诗经典·微雨[M].杭州:浙江文艺出版社,1996.

134 朱光潜.谈文学[M].合肥:安徽教育出版社,1996.

135 韦韬,陈小曼编.茅盾杂文集[M].北京:生活·读书·新知三联书店,1996.

136 陈厚诚.死神唇边的笑——李金发传[M].上海:上海文艺出版社,1996.

137 吕进主编.新诗三百首[M].石家庄:河北人民出版社,1996.

138 谭楚良.中国现代派文学史论[M].上海:学林出版社,1997.

139 严锋.现代话语[M].济南:山东友谊出版社,1997.

140 陈万雄."五四"新文化的源流[M].北京:生活·读书·新知三联书店,1997.

141 辛笛主编.二十世纪中国新诗辞典[M].上海:汉语大词典出版社,1997.

142 唐金海,陈子善,张晓云.新文学里程碑:评论卷[M].上海:文汇出版社,1997.

143 茅盾.中国现代文学百家·茅盾卷:下[M].北京:华夏出版社,1997.

144 吴福辉,钱理群主编.徐志摩自传[M].南京:江苏文艺出版社,1997.

145 西川编.海子诗全编[M].上海:上海三联书店,1997.

146 胡适.中国新诗经典·尝试集[M].杭州:浙江文艺出版社,1997.

147 康白情.中国新诗经典·草儿[M].杭州:浙江文艺出版社,1997.

148 王统照.中国新诗经典·童心[M].杭州:浙江文艺出版社,1997.

149 戴望舒.中国新诗经典·望舒草[M].杭州:浙江文艺出版社,1997.

150 卞之琳.中国新诗经典·鱼目集[M].杭州:浙江文艺出版社,1997.

151 冯至.中国新诗经典·昨日之歌[M].杭州:浙江文艺出版社,1997.

152 朱湘.中国新诗经典·草莽集[M].杭州:浙江文艺出版社,1997.

153 陈梦家.中国新诗经典·梦家诗集[M].杭州:浙江文艺出版社,1997.

154 臧克家.中国新诗经典·烙印[M].杭州:浙江文艺出版社,1997.

155 陈引驰.彼岸与此境[M].济南:山东友谊出版社,1997.

156 王瑶.中国现代文学史论集[M].北京:北京大学出版社,1998.

157 胡适.胡适文集[M].北京:人民文学出版社,1998.

158 沈永宝编.钱玄同"五四"时期言论集[M].上海:东方出版中心,1998.

159 杨扬编.周作人批评文集[M].珠海:珠海出版社,1998.

160 梁仁编.徐志摩诗全编[M].杭州:浙江文艺出版社,1998.

161 冰心.繁星春水[M].北京:人民文学出版社,1998.

162 梁实秋.梁实秋批评文集[M].珠海:珠海出版社,1998.

163 郭宏安编.李健吾批评文集[M].珠海:珠海出版社,1998.

164 叶公超.叶公超批评文集[M].珠海:珠海出版社,1998.

165 陈厚诚.李金发回忆录[M].上海:东方出版中心,1998.

166 尹国均.先锋试验:八九十年代的中国先锋文化[M].北京:东方出版社,1998.

167 刘炎生.中国现代文学论争史[M].广州:广东人民出版社,1999.

168 孙玉石. 中国现代主义诗潮史论[M]. 北京:北京大学出版社,1999.

169 龙泉明. 中国新诗流变论[M]. 北京:人民文学出版社,1999.

170 陈思和. 中国当代文学史教程[M]. 上海:复旦大学出版社,1999.

171 蒋孔阳,朱立元. 美学原理[M]. 上海:华东师范大学出版社,1999.

172 韩耀成等编. 冯至全集:第1卷[M]. 石家庄:河北教育出版社,1999.

173 宗白华. 艺境[M]. 北京:北京大学出版社,1999.

174 西川. 西川的诗[M]. 北京:人民文学出版社,1999.

175 祝勇. 手心手背[M]. 北京:中国文联出版社,1999.

176 祝勇. 改写记忆[M]. 北京:中国文联出版社,1999.

177 祝勇. 禁欲时期的爱情[M]. 北京:中国文联出版社,1999.

178 何锐,翟大炳. 现代诗技巧与传达[M]. 天津:百花文艺出版社,2000.

179 肖同庆. 世纪末思潮与中国现代文学[M]. 合肥:安徽教育出版社,2000.

180 陆耀东. 徐志摩评传[M]. 重庆:重庆出版社,2000.

181 高恒文. 京派文人:学院派的风采[M]. 上海:上海教育出版社,2000.

182 陈惇,刘象愚. 穆木天文学评论选集[M]. 北京:北京师范大学出版社,2000.

183 宗白华等著.三叶集[M].合肥:安徽教育出版社,2000.

184 宗白华.流云小诗[M].合肥:安徽教育出版社,2000.

185 于坚.于坚的诗[M].北京:人民文学出版社,2000.

186 王长俊主编.诗歌意象学[M].合肥:安徽文艺出版社,2000.

187 张柠.叙事的智慧[M].济南:山东友谊出版社,2000.

188 辛迪等著.九叶集[M].北京:作家出版社,2000.

189 韩毓海.二十世纪的中国:学术与社会:文学卷[M].济南:山东人民出版社,2001.

190 胡晓明.中国诗学之精神[M].南昌:江西人民出版社,2001.

191 许志英,邹恬主编.中国现代文学主潮[M].福州:福建教育出版社,2001.

192 燎原.扑向太阳之豹——海子评传[M].海口:南海出版公司,2001.

193 朱栋霖,丁帆,朱晓进主编.中国现代文学史:上,下[M].北京:高等教育出版社,2002.

194 俞兆平.现代性与"五四"文学思潮[M].厦门:厦门大学出版社,2002.

195 李欧梵.中国现代文学与现代性十讲[M].上海:复旦大学出版社,2002.

196 陈丽虹.赋比兴的现代阐释[M].杭州:中国美术学院出版社,2002.

197 蓝棣之.现代诗歌理论:渊源与走势[M].北京:清华大学出版社,2002.

198 周作人.周作人自编文集·谈龙集[M].石家庄:河北教育出版社,2002.

199 沈从文.沈从文全集:第16卷[M].太原:北岳文艺出版社,2002.

200 卞之琳.卞之琳文集:中卷[M].合肥:安徽教育出版社,2002.

201 江弱水.卞之琳诗艺研究[M].合肥:安徽教育出版社,2002.

202 洪子诚,孟繁华主编.当代文学关键词[M].桂林:广西师范大学出版社,2002.

203 臧棣,肖开愚,孙文波编.激情与责任:中国诗歌评论[M].北京:人民文学出版社,2002.

204 马铃薯兄弟.中国网络诗典[M].南京:江苏文艺出版社,2002.

205 李欧梵.中国现代文学与现代性十讲[M].上海:复旦大学出版社,2003.

206 江弱水.中西同步与位移:现代诗人丛论[M].合肥:安徽教育出版社,2003.

207 张洁宇.荒原上的丁香:二十世纪30年代北平"前线诗人"诗歌研究[M].北京:中国人民大学出版社,2003.

208 王文彬.中西诗学交汇中的戴望舒[M].合肥:安徽教育出版社,2003.

209 胡慧莉,周少华选编.戴望舒作品精选[M].武汉:长江文艺出版社,2003.

210 唐湜.九叶诗人:"中国新诗"的中兴[M].上海:上海教育出版社,2003.

211 高波.解读海子[M].昆明:云南人民出版社,2003.

212 敬文东.被委以重任的方言[M].北京:中国人民大学出版社,2003.

213 张闳.声音的诗学[M].北京:中国人民大学出版社,2003.

214 崔卫平.积极生活[M].北京:中国人民大学出版社,2003.

215 王珂.百年新诗诗体建设研究[M].上海:上海三联书店,2004.

216 杨四平.二十世纪中国新诗主流[M].合肥:安徽教育出版社,2004.

217 吴尚华.中国当代诗歌艺术转型论[M].合肥:安徽教育出版社,2004.

218 朱光潜.诗论[M].桂林:广西师范大学出版社,2004.

219 朱光潜.给青年的十二封信[M].桂林:广西师范大学出版社,2004.

220 朱光潜.我与文学及其他[M].桂林:广西师范大学出版社,2004.

221 沈从文.抽象的抒情[M].上海:复旦大学出版社,2004.

222 邓程.论新诗的出路[M].北京:中国社会科学出版社,2004.

223 西渡,郭骅编.先锋诗歌档案[M].重庆:重庆出版社,2004.

224 王军.诗与思的激情对话[M].北京:北京大学出版社,2004.

225 唐小林.看不见的签名——现代汉语诗学与基督教[M].北京:中国社会科学出版社,2004.

226 李建军等著.十博士直击中国文坛[M].北京:中国工人出版社,2004.

227 洪子诚,刘登瀚.中国当代新诗史[M].北京:北京大学出版

社,2005.

228 姜义振.中国文学理论现代性问题研究[M].北京:人民文学出版社,2005.

229 汪锡铨.中国现实主义新诗艺术散论[M].北京:北京大学出版社,2005.

230 杨匡汉.中国新诗学[M].北京:人民文学出版社,2005.

231 程光炜.大众媒介与中国现当代文学[M].北京:人民文学出版社,2005.

232 程光炜.都市文化与中国现当代文学[M].北京:人民文学出版社,2005.

233 张桃洲.现代汉语的诗性空间[M].北京:北京大学出版社,2005.

234 姜涛."新诗集"与中国新诗的发生[M].北京:北京大学出版社,2005.

235 陈太胜.象征主义与中国现代诗学[M].北京:北京大学出版社,2005.

236 北京大学中国新诗研究所编.新诗评论:2005年第1辑[M].北京:北京大学出版社,2005.

237 安徽师范大学中国史学研究中心编.中国诗学研究·第4辑·新诗研究专辑[M].北京:人民文学出版社,2005.

238 龙泉明.中国新诗的现代性[M].武汉:武汉大学出版社,2005.

239 高波.现代诗人和现代性[M].昆明:云南人民出版社,2005.

240 李欧梵.中国现代作家的浪漫一代[M].北京:新星出版

社,2005.

241 周宪,许钧主编.现代性理论[M].北京:商务印书馆,2005.

242 艾青.诗论[M].上海:复旦大学出版社,2005.

243 徐岱.基础诗学:后形而上学艺术原理[M].杭州:浙江大学出版社,2005.

244 蔡天新主编.现代诗100首:红卷,蓝卷[M].北京:生活·读书·新知三联书店,2005.

245 刘光耀.诗学与时间——神学诗学导论[M].上海:上海三联书店,2005.

246 徐志摩.自剖文集[M].天津:百花文艺出版社,2005.

247 张汝伦.思想的踪迹[M].济南:山东友谊出版社,2005.

248 陈晓明.思亦邪[M].济南:山东友谊出版社,2005.

249 张清华.隐秘的狂欢[M].济南:山东友谊出版社,2005.

250 程光炜.京北十年[M].济南:山东友谊出版社,2005.

251 孟繁华.思有涯[M].济南:山东友谊出版社,2005.

252 耿占春.在美学与道德之间[M].济南:山东友谊出版社,2005.

253 韦森.思辩的经济学[M].济南:山东友谊出版社,2005.

254 南帆.本土的话语[M].济南:山东友谊出版社,2005.

255 栾梅健.纯与俗的变奏[M].济南:山东友谊出版社,2005.

256 蔡翔.一路彷徨[M].济南:山东友谊出版社,2005.

257 许霆.中国现代主义诗学论稿[M].上海:上海文艺出版社,2005.

258 黄修己.中国现代文学发展史[M].北京:中国青年出版

社,2006.

259 沈用大.中国新诗史(1918—1949)[M].福州:福建人民出版社,2006.

260 章亚昕.中国新诗史论[M].济南:山东教育出版社,2006.

261 张涤云.中国诗歌通论[M].杭州:浙江大学出版社,2006.

262 黄永健.中国散文诗研究[M].北京:中国社会科学出版社,2006.

263 许霆.旋转飞升的陀螺——百年中国现代诗体流变史论[M].北京:人民文学出版社,2006.

264 耿德华.被冷落的缪斯——中国沦陷区文学史:(1937—1945)[M].张泉,译.北京:新星出版社,2006.

265 叶世祥.流浪的灵魂——现代性视野中的中国现当代诗学[M].银川:宁夏人民出版社,2006.

266 李怡.现代性:批判的批判[M].北京:人民文学出版社,2006.

267 郭国昌.二十世纪中国文学的大众化之争[M].南昌:百花洲文艺出版社,2006.

268 魏天无.新诗现代性追求的矛盾与演进[M].武汉:湖北教育出版社,2006.

269 汪剑钊.二十世纪中国的现代主义诗歌[M].北京:文化艺术出版社,2006.

270 杨乃乔.东西方比较诗学——悖立与整合[M].北京:文化艺术出版社,2006.

271 绿原.绿原说诗[M].北京:人民文学出版社,2006.

272 废名.新诗十二讲:废名的老北大讲义[M].沈阳:辽宁教育出版社,2006.

273 常文昌,郭旭辉编选.中国新时期诗歌研究资料[M].济南:山东文艺出版社,2006.

274 廖炳惠.关键词200:文学与批评研究的通用词汇编[M].南京:江苏教育出版社,2006.

275 吕淑湘.语文常谈[M].北京:生活·读书·新知三联书店,2006.

276 吴中杰.吴中杰评点鲁迅诗歌散文[M].上海:复旦大学出版社,2006.

277 孙绍振.文学性讲演录[M].桂林:广西师范大学出版社,2006.

278 孙玉石.中国现代解诗学的理论与实践[M].北京:北京大学出版社,2007.

279 郑万鹏.中国现代文学史[M].北京:华夏出版社,2007.

280 张大明.中国象征主义百年史[M].郑州:河南大学出版社,2007.

281 张德明.现代性及其不满——中国现代文学的张力结构[M].银川:宁夏人民出版社,2007.

282 王柯.新诗诗体生成史论[M].北京:九州出版社,2007.

283 陈超.中国先锋诗歌论[M].北京:人民文学出版社,2007.

284 贺昌盛.象征:符号与隐喻:汉语象征诗学的基本型构[M].南京:南京大学出版社,2007.

285 陈方竟.文学史上的失踪者:穆木天[M].北京:北京大学出版

社,2007.

286　杨迎平.永远的现代——施蛰存论[M].北京:光明日报出版社,2007.

287　朱湘.孤高的真情:朱湘书信集[M].陈子善,编.上海:上海人民出版社,2007.

288　卞之琳.十年诗草(1930—1939)[M].合肥:安徽教育出版社,2007.

289　张瑞德.诗与非诗[M].济南:山东友谊出版社,2007.

290　王鸿生.语言与世界[M].济南:山东友谊出版社,2007.

291　曹顺庆.跨越异质文化[M].济南:山东友谊出版社,2007.

292　张新颖.春酒园蔬集[M].济南:山东友谊出版社,2007.

293　王瑶.中国诗歌发展讲话[M].南京:江苏文艺出版社,2008.

294　刘继业.新诗的大众化与纯诗化[M].北京:北京大学出版社,2008.

295　许霆编.中国现代诗歌理论经典[M].苏州:苏州大学出版社,2008.

296　林贤治,肖建国.旷野——中国作家的精神还乡史:诗歌卷[M].广州:花城出版社,2008.

297　王宏印.新诗话语[M].天津:百花文艺出版社,2008.

298　敬文东.诗歌在解构的日子里[M].北京:北京大学出版社,2008.

299　李怡.中国现代新诗与古典诗歌传统[M].北京:北京大学出版社,2008.

300 刘继业.新诗的大众化和纯诗话[M].北京:北京大学出版社,2008.

301 黎志敏.诗学建构:形式与意象[M].北京:人民出版社,2008.

302 王昌忠.中国新诗中的先锋话语[M].上海:学林出版社,2008.

303 高蔚."纯诗"的中国化研究[M].北京:中国社会科学出版社,2008.

304 上海辞书出版社文学鉴赏辞典编纂中心编.新诗三百首鉴赏辞典[M].上海:上海辞书出版社,2008.

305 罗佳明,陈俐编.陈敬容诗文集[M].上海:复旦大学出版社,2008.

306 中国现代文学馆编.李金发代表作·异国情调[M].北京:华夏出版社,2008.

307 冰心.新编冰心文集[M].北京:商务印书馆,2008.

308 张松建.现代诗的再出发[M].北京:北京大学出版社,2009.

309 汪云霞.知性诗学与中国现代诗歌[M].上海:上海书店出版社,2009.

310 朱东润.朱东润自传[M].北京:人民文学出版社,2009.

311 蒋勋.孤独六讲[M].桂林:广西师范大学出版社,2009.

312 孙玉石.中国现代诗学丛论[M].北京:北京大学出版社,2010.

313 吴晓东.二十世纪的诗心[M].北京:北京大学出版社,2010.

314 谢冕,姜涛,孙玉石,等.百年中国新诗史略[M].北京:北京大学出版社,2010.

315 沈从文.从文自传[M].卓雅选编.长沙:岳麓书社,2010.

316　张新颖编选.中国新诗1916—2000[M].上海:复旦大学出版社,2011.

317　戴望舒.戴望舒精选集[M].北京:北京燕山出版社,2011.

318　张松建.抒情主义与中国现代诗学[M].北京:北京大学出版社,2012.

319　林贤治编.梦中道路·何其芳散文[M].广州:花城出版社,2013.

320　洪子诚主编.在北大课堂读诗[M].北京:北京大学出版社,2014.

321　李之平.新世纪先锋诗人三十三家[M].南昌:百花洲文艺出版社,2018.

322　臧棣,西渡主编.北大百年新诗[M].成都:四川人民出版社,2018.

二、期刊类

1　沈尹默.月夜[J].新青年,1917,4(1).

2　鲁迅.梦[J].新青年,1918,4(5).

3　鲁迅.爱之神[J].新青年,1918,4(5).

4　梁实秋.读《诗底进化的还原论》[J].时报副刊,1922,5.

5　胡愈之.最近的出产·繁星[J].文学旬刊第73期,1923,5.

6　鱼常.春水——读冰心女士的春水,心中有感,成此篇[J].文学周报,1924,6(125).

7　梁实秋.新诗的格调及其他[J].诗刊:创刊号,1931,1(1).

8 施蛰存. 又关于本刊中的诗[J]. 现代, 1933, 4(1)

9 茅盾. 冰心论[J]. 文学, 1934, 3(2).

10 卞之琳. 关于《鱼目集》[J]. 大公报·文艺, 1936, 5.

11 屠岸. 精微与冷隽的闪光——读卞之琳诗集《雕虫纪历》[J]. 诗刊, 1980, 1.

12 刘福春. 小诗试论[J]. 中国现代文学研究丛刊, 1982, 1.

13 王佐良. 译诗和写诗之间——读《戴望舒译诗集》随想录[J]. 外国文学, 1985, 4.

14 W. 顾彬. 路的哲学——论冯至的十四行诗[J]. 中国现代文学研究丛刊, 1993, 2.

15 许霆. 新文学第一个10年新诗理论特征论[J]. 吴中学刊(社会科学版), 1994, 4.

16 刘扬烈. 鲁迅与中国新诗现代化[J]. 重庆广播电视大学学报, 1996, 4.

17 陈本益. 卞之琳的"顿法"论[J]. 西南师范大学学报(哲学社会科学版), 1996, 4.

18 张新民, 单微. 浅论闻一多、朱湘的诗论[J]. 新乡师专学报(社会科学版), 1996, 4.

19 何啸波. 新月诗派及其主张与创作特色[J]. 四川教育学院学报, 1997, 4.

20 王一川. 现代性文学：中国文学的新传统——兼谈中国现代文学与文学研究[J]. 文学评论, 1998, 2.

21 王珂. 现代汉诗文体建设的历史回顾及理想构建[J]. 中州学刊,

1998,2.

22　李锐.我对现代汉语的理解[J].当代作家评论,1998,3.

23　郜积意."后新诗潮"的论争及其理论问题[J].南方文坛,1998,3.

24　张桃洲.鲁迅与中国新诗的境遇[J].浙江学刊,1999,1.

25　王颖.典雅的纯诗——论现代诗派的诗美追求[J].浙江海洋学院学报,1999,2.

26　黄济华.呼唤新诗艺术形式的规范——关于闻一多新格律诗理论和新诗现状的思考[J].华中师范大学学报(人文社会科学版),1999,9(5).

27　王木青.徐志摩散文中的诗论[J].安徽教育学院学报,2000,3(2).

28　应雁.艾略特"非个性化诗论"探析[J].天津外国语学院学报,2001,2.

29　廖四平."纯诗"说·"象征"说·"契合"说——梁宗岱的诗论[J].江苏社会科学,2001,2.

30　王一川.通向中国现代性诗学[J].北京师范大学学报(人文社会科学版),2001,3.

31　谢立中."现代性"及其相关概念词义辨析[J].北京大学学报(哲学社会科学版),2001,5.

32　张路安,姜文振.在"物我两忘"中追求"宇宙意识"——梁宗岱的象征主义诗论简评[J].邯郸师专学报,2002,3(1).

33　李丹.感性形式与理性形式的交融——论闻一多《死水》的形式美[J].陕西师范大学学报(哲学社会科学版),2002,2.

34　陈晓明.现代性与文学研究的新视野[J].文学评论,2002,6.

35 萧映."新诗现代化"诗学体系的滥觞——谈20世纪40年代中国现代主义诗论[J].广东教育学院学报,2002,3.

36 程波.新诗现代性的特殊形态——西南联大诗人群研究[J].南京师范大学文学院学报,2002,4.

37 王一川.中国诗学现代刍议——再谈中国现代性诗学[J].北京师范大学学报(社会科学版),2003,3.

38 陈嘉明."现代性"与"现代化"[J].厦门大学学报(哲学社会科学版),2003,5.

39 刘海波,魏建.闻一多诗歌理论与新诗形式的现代化建构[J].齐鲁学刊,2003,5.

40 王一川.现代性体验与文学现代性分期[J].河北学刊,2003,23(4).

41 胡博.新月派前期的"文学梦"[J].中国现代文学研究,2004,2.

42 许江.中国文学现代性的发生[J].中华读书报,2004,4.

43 陈伟华."新月"理论家们的"硬译"——论新月派诗论对中国传统文化的承传[J].中国文学研究,2005,1.

44 李凯.中国古典诗学在现代诗学中的传承和变异[J].文学评论,2005,1.

45 许霆.闻一多诗论"脚镣说"新论[J].洛阳师范学院学报,2005,1.

46 李佑新.现代性问题与中国现代性的建构[J].北京大学学报(哲学社会科学版),2005,2.

47 陈伟华.蚕蜕里的新生——新月派诗论与中国传统诗论[J].湖南大学学报(社会科学版),2005,2.

48 周晓风.现代汉语的现代性与现代新诗的现代化[J].西南师范大

学学报(人文社会科学版),2005,3.

49　唐毅.《诗的格律》:中国现代诗学的双重意义[J].天府新论,2005,6.

50　陈彦.穆旦"新的抒情"实践及其诗学意义[J].上海师范大学学报(哲学社会科学版),2005,4.

51　潘皓.论新格律诗及其中西文化渊源[J].江西社会科学,2005,9.

52　汤凌云.新月诗派的诗歌本质论[J].徐州师范大学学报(哲学社会科学版),2005,6.

53　雷巧旋.从"雨巷"到"我用残损的手掌"看戴望舒的诗路历程[J].中山大学学报论丛,2005,4.

54　徐慧琴.别样的诗情与诗艺——戴望舒诗论[J].内蒙古大学学报(人文社会科学版),2006,1.

55　许霆.二十世纪中国现代诗体流变论[J].文学评论,2006,1.

56　王钟陵.二十世纪建立新的诗美本体的曲折进程[J].社会科学战线,2006,4.

57　候长振.九叶诗派的意象理论阐释[J].大理学院学报,2006,5(5).

58　刘铁.从音乐性看20世纪30年代中国诗歌理论批评[J].乐山师范学院学报,2006,7.

59　张文莉.论闻一多新诗格律的民族化建构[J].燕山大学学报(哲学社会科学版),2006,3.

60　李乐平.闻一多前期新诗理论的贡献[J].汉江论坛,2006,11.

61　蒋登科.沈从文新诗理论述评[J].西南大学学报(人文社会科学版),2007,1.

62 王一川.中国现代文论的现代性品格[J].文学评论,2007,5.

63 崔勇.论何其芳现代格律诗的出发点[J].西南农业大学学报(社会科学版),2007,5.

64 欧阳俊鹏.论闻一多对新诗及新诗语言的贡献[J].湖北教育学院学报,2007,12.

65 王叔婷.寻找"富于暗示的音义凑拍的诗"——论现代派的"纯诗"艺术探索[J].中国现代文学研究丛刊,2008,3.

66 李乐平.新时期长篇闻一多研究的历史回顾及新世纪国内外闻一多研究动态:上[J].河池学院学报,2008,3.

67 杨绍军.西南联大群体的新诗研究及其外来影响——以闻一多、朱自清为中心的探讨[J].学术探究,2008,3.

68 刘小民.论沈从文诗论中的韵律说[J].重庆职业技术学院学报,2008,4.

69 杨四平.论四十年代现实主义诗论[J].文学评论,2008,4.

70 孙璐璐.中西艺术结合产生的宁馨儿——闻一多新诗理论简论[J].石河子大学学报(哲学社会科学版),2008,4.

71 陈莉萍.济慈对闻一多诗学理论的影响[J].宁波工程学院学报,2008,3.

人名索引

A

艾略特　15,67,104,135,168
艾青　51,86,147
奥修　90

B

彼埃尔·勒韦尔迪　13
波德莱尔　14,23,56,60,62,
　63,67,68,164,165,168,185
冰心　22,24,44—55,69
别林斯基　46,50
卞之琳　10,62,63,86,95,97,
　99,103,105—113,115—117,
　168,169,178—180

布鲁克斯　173
布拉克墨尔　173
巴赫金　188

C

成仿吾　34,76
陈敬容　86,124,127—130,
　132,134
陈梦家　88,103,157
曹聚仁　91
陈厚诚　64

D

戴望舒　23,85,86,92,93,95—
　97,99,125,126,155,177,

178,182,189

达维德·方丹 82

但丁 164

F

福柯 14,187

冯乃超 23,68

冯至 86,119—124,178

G

郭沫若 22—24,29,40—42,67,69,73,75,181,182

顾彬 119,120

H

海德格尔 4,13,14,19,187,196,202,203,210,212,218

洪子诚 10

哈贝马斯 14,221

黄遵宪 19,177,181

胡适 19,20,22—25,27—33,36,61,66,69,72,86,89,90,91,135,153,177,179,181

惠特曼 40

华兹华斯 41

黄英 45

黑格尔 15,67,191

何其芳 86,100,102

海子 6,195—218

荷尔德林 203,204,211,212,214

J

姜涛 10

江弱水 10,116

金圣叹 13

K

夸西莫多 13

康德 15

柯勒律治 15

康白情 74,179,181

L

陆耀东 10,131

骆寒超 10

刘登瀚　10

龙泉明　10

鲁德俊　10

蓝棣之　10,137

刘继业　10

李欧梵　10

李怡　10,137

利奥塔　14,15

罗兰·巴尔特　19

鲁迅　23,24,29,35—39,119,
　　120,153,154,175,176,181

梁宗岱　23,68,73,74,
　　182—185

刘半农　23,72,156,179,
　　181,182

李金发　24,33,56,59—64,
　　66—69,85,86,165,177,178,
　　182,185,186

梁实秋　25,31,32,34,61,73,
　　74,153,157,177,182,183,185

刘扬烈　39

陆志韦　76

兰波　60,164,201

李商隐　104,137,168

刘大白　179,181

林纾　191

M

马泰·卡林内斯库　14,30

迈克·费瑟斯通　14

马拉美　17,19,67,185

穆木天　23,24,34,66,67,69,
　　154,186,188

缪塞　23

茅盾　45,46,90

穆旦　86,124,135—142,144—
　　146,178

P

普希金　37,46,50,214

蒲风　61,154,155

Q

乔治·桑塔耶纳　202,217

R

瑞恰慈　172

S

孙玉石　10,64,137,143

沈尹默　22,23,33,179

孙绍振　41

施蛰存　92

索绪尔　149

沈从文　49,155,156,158,161,162

萨特　164

申小龙　191

T

田汉　23,74

泰戈尔　44,45

屠岸　109

唐湜　123,124

泰特　173

沈玄庐　179

W

王珂　10

吴晓东　11,134

瓦雷里　15,68,185

翁华德　15

闻一多　20,50,69,70,74—83,155—157,162,177,181,182,185

王统照　23

王独清　23,24,34,66,67,69

魏尔伦　23,62,63,151—153,185

王瑶　26

王佐良　41,92,93,139

维特根斯坦　149

王任叔　154

王光明　171

X

谢冕　10,64,88,89

许霆　10

徐志摩　6,76,86—91,96,158,160—162,180,181

西川　200,216

Y

袁可嘉　10,124,137,189

亚瑟·西蒙斯　19

伊夫·瓦岱　26

余冠英　33

俞平伯　73,177,179,181,182,
　　184,185

叶圣陶　95

叶公超　157

叶维廉　172

雅各布森　172

燕卜荪　173

严复　191

Z

章亚昕　10

张松建　11

周作人　23,44,56,60,61,184

宗白华　40,51,52,73,74,79

郑伯奇　74

郑敏　86,124—126,137,141,
　　178,190—192

赵毅衡　103,116

朱湘　156

臧克家　157,158

臧棣　171

术语索引

B

白话诗　10,16,18,21,23,25,
27,33,34,36,61,69,70,72,
79,80,85,86,118,135,153,
177,179—185

C

纯诗　10,15,66,103,179,185
创造社　23,66

D

多义性　20,118,149,164,172,
193,219

E

俄国形式主义　18

F

非诗化　25,66,70,182,185

G

古典诗歌　11,18,24,25,78—
80,83,86,92,96,108,114,
135,151,153,169,175,181,
191,193

H

话语　13,19,25,29—31,85,

136,166,177,187,188,220

L

逻各斯　19,110

浪漫派　23,37,60,63,181

M

陌生化　18,64,68

朦胧诗　60,171,172,219,220

R

日常语言　13,17,18,20

S

诗性语言　9

诗歌语言　2,4,6—12,14,16—18,20—22,25,36,44,66,70,72,81,82,84,85,90,92,99,100,108,117—119,124,126,128,135,149—151,153,156,163,167,169—173,175,180,187,188,190－193,195,219,220

诗界革命　19,181

三美理论　20,74,80—82

W

文学语言　9,11,12,19,20,192

文言文　18,20,25,27,60,86,183,190－192

文学革命　19,25—31,61,181

唯美主义　56

X

新诗　10,11,16,19,20,22—40,44,54,56,63—66,69—76,78—86,95,131,137,153—155,172,175—186,188—190,193

现代诗歌　9—12,14—19,21,22,24—26,36,38,39,67,69,70,71,75,78—80,82—86,92,103,104,108,111,116—120,137,139,149—151,153,155,156,163,167,169—173,175,177,187,188,190,194,

195,219—221

现代性　10—12,14—17,19,21,23,25,26,29—33,35,38—40,43,63,66,87,93,99,100,103,108,119,127,135,136,147,148,163,169—171,195,219,221

象征派　10,22—24,56,63—67,92,95,147,153,177,181,185

新月派　34,80,95,155,157,177

小诗　22,44—55,69

新格律诗　10,34,70,72,76—82,155,177

象征性　67,149,150,163,173,193

Y

意境　23,39,41,42,44,74,86,95,97,103,110,113,115,131,183

意象派　92,152,185

音乐性　60,149—158,219

隐秘性　108,149,150,167

隐喻　92,104—107,114,146,163,167—169,191,219

Z

张力　1,26,32—34,81,83,84,92,103,104,126,167,173,190,193,219

后 记

本书是在我的博士论文基础上经过增删修改而成。在职攻读博士学位期间,我所工作的学校经过几度合并,调整了专业结构,不得不转教三门新课,课务工作相当繁重,时间得不到保障,身体也一度欠佳,内心也有过松懈。在内外双重压力下,我产生了畏难情绪。但是,在导师徐德明教授的督促指导下,在姚文放教授、伹荣本教授、古风教授的关怀鞭策下,在领导、同事、朋友、家人的关心帮助下,我终于坚持下来,完成了博士论文的写作。

2013年的夏季特别炎热,我把自己关在屋子里,几乎三个月足不出户,衣不解带,食不知味。我沉浸在诗歌里,浑然忘却了外边的世界。

当秋风吹落第一片梧桐叶时,我的博士论文也大体完成了。尽管它只是一片小小的"落叶",但却凝聚着我的心血和导师们的期望。因此,我满怀虔诚地把它献给我的老师们,如果不是你们鼓励期待的目光,我也许不能采撷这一片"落叶"。

我要感谢古今中外的诗人们,他们留下了这么多美丽的诗篇,让我感动、仰慕不已,这些诗篇影响了我的专业方向、职业选择和人生道路。我要感谢学术界的前辈们,他们的不懈努力与研究,开阔了我的眼界和胸襟,让我追随、崇敬不已。我怀着感恩的心,阅读诗人的诗篇,沐浴前辈的恩泽,写下这篇论文。

在博士论文写作过程中,我的导师徐德明教授无论是在选题构思、结构框架、还是在落笔行文上,都给予了精心的指导;求学期间,姚文放教授给予了悉心的教诲和帮助,佴荣本教授给予了热情的鼓励与关怀,古风教授给予了殷切的期望与支持。老师们广博的学识、深厚的学养、严谨的精神,都给了我榜样的力量,更给了我前行的动力。我在此表示深深的感谢!

我还要感谢对我的论文进行评审、提出宝贵意见的各位专家学者;感谢我的领导、同事、同学、学生、朋友对我的帮助;感谢我的父母、先生、女儿的支持。东南大学出版社陈跃先生慨然接受本书的出版,在此一并致谢。

未来,我将以一颗感恩的心在人生之路上奋力前行。

2021 年秋于扬州

鸣　谢

扬州市社科重大课题资助出版项目

扬州市职业大学重点课题资助项目